La révolution dans la peau

Serge Rubin

Ce roman historique nous rappelle que la liberté et l'égalité de tous sont le fruit d'une conquête jamais achevée.

AMNESTY INTERNATIONAL

Illustration de couverture : Marie Avril
Conception graphique : Élodie Breda

© Talents Hauts, 2016
ISSN : 1961-2001
ISBN : 978-2-36266-158-7
Loi n°49-956 du 16 juillet 1949 sur les publications destinées à la jeunesse
Dépôt légal : août 2016

À Claire, Daphné et Arnaud,

« *Et toi, postérité ! Accorde une larme à nos malheurs,*
et nous mourrons satisfaits. »
Louis Delgrès

LA RÉVOLUTION DANS LA PEAU

Serge Rubin

Chapitre 1

Nègre marron

La Côte-au-vent, Basse-Terre, Guadeloupe, juillet 1789

La piste longe les plantations de canne à sucre et la forêt tropicale, chargée de l'humidité de ces deux océans de verdure. À l'abri des vents d'est, la chaleur du mois d'avril dans les Antilles rend la moiteur suffocante. Courbés dans les champs, quelques nègres armés de leur coutelas coupent inlassablement les cannes au ras du sol.

Sur le chemin de terre déformé par les racines des gommiers, je mets ma jument au pas. C'est un petit cheval très nerveux, un croisement entre un pur-sang et une race créole, et je suis parfois obligée de lui administrer quelques coups d'éperon pour qu'elle obéisse. Elle est en sueur, tout son corps est trempé. Elle boite un peu, un de ses fers est usé.

Je ne pense pas que cela soit très grave, je la montrerai au forgeron qui vient aujourd'hui au domaine.

– Mademoiselle Lucile n'est vraiment pas raisonnable !

Je me fais disputer par Rose qui me reproche d'être sortie seule de la propriété. Des groupes de nègres marrons rôdent aux alentours de notre exploitation agricole, ces esclaves en fuite se terrent dans les bois et attendent la nuit pour commettre leurs larcins. Rose est une trouillarde, les nègres sont des êtres inoffensifs. Il y a parfois quelques bagarres dans les cases, mais les esclaves ne s'en prennent jamais aux Blancs, ils les craignent. Ce sont de grands enfants.

Rose est ma nourrice, elle est noire. Les gènes de son lait ne sont pas passés dans mon sang : je suis blanche, heureusement. Pour être exacte, ma peau est naturellement dorée. Personne ne reste vraiment pâle sous le soleil tropical. À la fin de saison, j'aurai un teint hâlé qui ressemblera presque à celui d'une esclave. J'ai une peau mate qui fonce facilement.

Le forgeron, Désiré, appartient à la plantation voisine, notre exploitation étant trop petite pour que nous possédions le nôtre. Il est habile et, en quelques coups de marteau, il ajuste un fer au sabot de ma jument. La brave bête peut de nouveau poser sa jambe sur le sol sans claudiquer. Désiré, qui adore s'occuper des chevaux, flatte l'encolure de l'animal. Mais ce n'est pas pour cela qu'il a été appelé au domaine.

Mon père ordonne à son commandeur d'extirper de sa geôle un esclave qu'il a rattrapé grâce aux chiens de son voisin. Les dogues cubains sont de féroces chasseurs d'esclaves et l'homme qui sort du cachot ne doit son salut qu'à la générosité de mon père : sans son intervention, les chiens l'auraient dévoré. C'est un grand gaillard costaud qui tient à peine dans sa prison exiguë. Il nous observe avec insolence, il n'a pas peur de nous et tient à nous le faire savoir. Ce jeune Noir vient directement d'Afrique, mon père l'a acquis récemment. Il ne peut se permettre de perdre l'argent de cet achat en le laissant encore s'enfuir. En outre, cela donnerait le mauvais exemple aux autres esclaves de la propriété. Ce nègre doit être dressé, il doit apprendre à obéir et à ne plus marronner. Ensuite, on peut espérer, vu sa force physique, qu'il accomplira un travail important. Papa dit que la constitution du Noir est particulièrement bien adaptée au climat des Antilles.

Le commandeur enlève la chemise de l'homme sans ménagement, mais sans la déchirer, un vêtement est précieux pour un esclave. Il le fait s'allonger à plat ventre et attache ses poignets et ses chevilles à des pieux enfoncés dans le sol. Il recule un peu, prend de l'élan. Le fouet commence à lacérer le dos du fugitif. La lanière siffle et vient arracher des lambeaux de chair. L'homme crie sa douleur sans retenue. Ce sont les premiers coups de fouet que cet Africain reçoit, il n'avait aucune cicatrice avant cette flagellation.

– C'est une grossière erreur de ne jamais l'avoir corrigé avant, commente notre commandeur essoufflé. La discipline et la punition sont indispensables pour ces nègres.

Je me pince les lèvres pour ne pas m'esclaffer, le commandeur est aussi noir que l'ébène, mais il semble l'avoir oublié.

Le dos du supplicié saigne abondamment. Une fois la correction administrée, ma nourrice lui applique un mélange d'eau salée, de piment et de citron pour prévenir toute infection. Au contact de ce liquide qui le brûle, l'homme hurle encore plus que pendant son châtiment, mais il ne se départit pas de son regard buté et arrogant.

Je souris devant la bêtise de cet esclave et, en même temps, je ne peux m'empêcher d'admirer son courage et sa fierté. Ce sont des qualités que j'apprécie, mais qui sont normalement réservées aux gens de ma condition.

Les nègres sont issus d'une race très inférieure à la nôtre. À l'état sauvage, ils s'entretuent ou paressent dans une impudente insouciance. Nous leur rendons service en les domestiquant. Grâce au travail que nous leur imposons, ils ont une vie plus civilisée et mangent mieux que dans leurs pays d'origine.

Les meilleurs esclaves ne sont pas ceux qui viennent d'Afrique, mais ceux qui sont nés et qui ont été élevés sur une plantation. Ils n'ont jamais rien connu d'autre que l'esclavage et ils ne se plaignent pas.

Rose désapprouve mon air moqueur.

– Tu sais, ce Noir est un homme, et il a un nom : il s'appelle Évariste.

Elle se met à pleurer. Ma nourrice est trop sensible. Les Noirs ont la peau épaisse.

Quand j'étais petite, j'ai été très étonnée de découvrir que le sang qui coulait des plaies de nos esclaves avait exactement la même couleur que le mien quand je m'écorchais le genou. J'aurais parié que le sang des nègres était plus sombre que le nôtre.

Désiré enserre le cou du captif dans un anneau de métal hérissé de pointes. Il lui sera difficile de se sauver sans enchevêtrer cette herse dans la végétation. Pour le ralentir un peu plus, le forgeron lui pose des fers aux chevilles reliés par une chaîne courte qui lui interdit les grandes enjambées. Désiré a soigné sa besogne, mon père peut être satisfait de son ouvrage.

Je ne manquerai pas de le féliciter devant son maître, puisque je profite du retour de son chariot pour aller rendre visite à notre voisin.

Chapitre 2

Mon prince charmant

Le maître de Désiré possède un vaste domaine : ses champs de canne à sucre s'étendent sur trois cents hectares. Il a son propre moulin, que mon père et les cultivateurs des environs utilisent également. Ils y envoient leur récolte au plus vite car, une fois coupées, les cannes se détériorent à cause de la chaleur. On les broie rapidement et on en fait bouillir le jus pour obtenir le maximum de sucre et de rhum. Une centaine d'esclaves travaillent sur le domaine, dont certains sont des esclaves à talent réputés, comme son raffineur de sucre, son forgeron ou son boulanger. Les autres, les nègres de houe, nettoient, entretiennent, récoltent et transforment la canne.

Après ma balade à cheval, je me suis changée et coiffée, mais la poussière de la piste colle à ma belle robe bleue. Malgré tout, je crois que je suis encore très élégante. Je referme mon ombrelle, je me protège de mon mieux des rayons du soleil pour que ma peau ne brunisse pas trop vite.

Je veux être belle parce que je rends visite à Pierre, mon fiancé. C'est le fils de notre voisin, je le connais depuis mon enfance et je vais bientôt devenir sa femme.

Je suis toujours émerveillée quand je vais chez Pierre parce que tout y est plus grand et plus coquet que chez mon père. Sa maison, avec son toit à quatre pans, ses colonnes et ses persiennes blanches, est adorable. Même le quartier des cases à nègres est agréable. Quand je pense que ce sera bientôt ma demeure, j'ai l'impression de vivre un conte de fées.

Pierre me propose un goûter, comme lorsque nous étions enfants. Des petits gâteaux à l'ananas ou à la noix de coco sont servis sur un plateau en argent, ils sont si alléchants qu'on les mange sans faim. La cuisinière de Pierre est bien plus douée que Rose.

Une drôle de boisson, à l'aspect peu engageant,

refroidit dans les tasses. On jurerait de la terre argileuse délayée dans de l'eau.

– C'est du chocolat, me précise mon fiancé.

Il m'explique que c'est une denrée espagnole en provenance de Cuba qu'il a importée en même temps que les dogues chasseurs d'esclaves.

– Il convient de rajouter beaucoup de sucre, car le chocolat est amer.

– Une cuillérée de sucre ?

– Deux au moins. Le chocolat a la réputation de mettre d'excellente humeur à condition de bien le sucrer.

– Ce qui n'est pas pour te déplaire.

– Cette boisson est à la mode dans la bonne société en Europe, certains ne peuvent plus s'en passer. Tant mieux, notre sucre de canne est indispensable à la dégustation du chocolat, et l'idée d'être indispensable à la métropole me plaît, en effet !

Cela fait déjà un an que Pierre et moi sommes fiancés. Je n'aurais jamais cru que cette année passerait si vite. J'ai gardé un carton d'invitation pour le relire sans fin, le temps de me convaincre que c'est bien moi qui me marie :

Monsieur Jean Blanchard, en union avec feu Madame Jean Blanchard, a l'honneur de vous faire part du mariage de sa fille, Lucile Blanchard, avec Monsieur Pierre Grandpré, fils de Monsieur et Madame Augustin Grandpré.

Ma mère est morte quand j'étais très jeune, c'est pourquoi Rose n'est pas seulement ma nourrice, mais aussi ma confidente. Lorsque je lui ai montré mon faire-part de mariage, elle a froncé les sourcils et grimacé. Pourquoi cette bonne nouvelle contrarie-t-elle cette cruche qui ne sait même pas lire ? Elle doit craindre de se retrouver seule avec mon père. C'est un homme bon, mais sévère avec ses esclaves et j'ai dû intervenir plusieurs fois pour qu'on ne fouette pas Rose plus que nécessaire. Papa a toujours cédé à mes caprices. L'inquiétude de Rose est désagréable et je suis déçue par son attitude : cette négresse me gâche mon plaisir.

Je suis heureuse de me marier, un peu anxieuse aussi : c'est le jour le plus important de ma vie, tout doit être parfait.

Nous avons invité tous nos amis et tous nos voisins. La liste a été facile à rédiger, nous partageons les mêmes amis et les mêmes voisins depuis toujours. L'île compte peu de jeunes gens fréquentables, car il y a dix fois plus de Noirs que de Blancs.

Pierre connaît tout de moi et je n'ignore aucune de ses qualités et aucun de ses défauts. Ce mariage n'a pas été arrangé par nos parents, mais la proximité de nos habitations sucrières nous destinait à nous unir. Nous sommes nés à quelques mois d'intervalle, nous nous sommes assis sur les mêmes bancs de l'école paroissiale, nous avons couru ensemble dans les champs de canne à sucre et nous nous sommes cachés derrière les cases à nègres pour nous embrasser. C'est avec Pierre que j'ai échangé mon premier baiser. Nous sommes un vieux couple, nous avons déjà vingt ans de vie commune.

Chapitre 3

Le cadeau de mariage

Mon père a fait venir de France une somptueuse robe de mariée. Rose m'aide à serrer mon corset pendant que je retiens ma respiration, puis j'enfile deux petits paniers grâce auxquels ma robe s'évasera. Ce n'est pas facile de marcher avec cet équipement. J'ai trop chaud : je porte une chemise, un jupon et une jupe, mais mon miroir me renvoie une image flatteuse, alors je me dis qu'il faut souffrir pour être belle.

Ma nourrice est toujours aussi maussade. Elle ouvre la bouche à plusieurs reprises comme si elle s'apprêtait à parler, mais aucun son ne sort de sa gorge, exceptés d'affreux raclements. J'espère qu'elle ne va pas cracher dans la maison.

Mon cœur bat à tout rompre lorsque j'avance dans l'allée centrale de l'église au bras de mon père. Il me conduit jusqu'à Pierre. C'est à mon mari désormais que je devrai obéissance. C'est ce qu'explique le prêtre avant de nous remettre les alliances qu'il a bénies.

De grandes tables sont dressées dans les jardins de la propriété de Pierre. Nos noces sont un moment de fête et de joie pour une partie de notre île.

Nous n'avons pas oublié nos braves esclaves et, afin de partager ce bonheur avec eux, nous ne les faisons pas travailler aujourd'hui. Ils festoient dans le quartier des cases à nègres où ils ont eu droit à une distribution exceptionnelle de viande et de patates douces et, surtout, à plusieurs barriques de rhum. Ce breuvage dépasse les cinquante degrés. Nos nègres sont heureux, alors ils chantent !

Pierre m'a préparé une surprise : il a racheté Rose à mon père. Je me jette au cou de mon mari et l'embrasse tendrement.

– Lucile, ce n'est pas grand-chose, je t'assure. C'est une vieille femme, certainement la plus vieille négresse de l'île. Je l'ai eue pour quelques pièces.

– Mon amour, rien ne pouvait me faire plus plaisir.

J'adore cette esclave. Même si son attitude est bizarre depuis l'annonce de mon mariage, Rose reste ma nourrice. Elle n'a pas remplacé ma pauvre mère, mais elle m'a tenu compagnie, elle m'a nourrie, lavée, bercée, consolée. Elle dormait même dans ma chambre durant mes jeunes années, c'était commode pour me donner le sein, et lorsque j'ai un peu grandi, sa présence a été un rempart à mes terreurs nocturnes. Sans Rose, j'aurais été seule au monde.

Chapitre 4

Une révolution

La Côte-au-vent, Basse-Terre, Guadeloupe, octobre 1789

Nous sommes tellement éloignés de la métropole que nous croyons que la folie qui s'est emparée du royaume ne peut pas nous atteindre. Pensez donc, une colonie à plus de six mille kilomètres !

Pourtant, les nouvelles qui nous arrivent sont inquiétantes. Mon père dit que le peuple français souffre de la famine. Le Roi a convoqué les États généraux à Versailles pour résoudre la crise financière. Après cela, les députés ont refusé de se séparer, il y a eu des émeutes dans tout le pays. Le fort de la Bastille a été attaqué par la populace et pris par la force, son gouverneur et des gardes ont été décapités et la foule a promené leur tête au bout de piques.

Les députés ont décidé de rédiger de nouvelles lois auxquelles même le Roi devra se soumettre. Il a été proclamé que tous les hommes naissent et demeurent libres et égaux en droits. J'espère que cette règle ne sera jamais appliquée en Guadeloupe : si nous devions payer les esclaves, ce serait la faillite de notre plantation. Libérer ces milliers de nègres risque d'être extrêmement néfaste pour l'avenir de nos colonies. Il est urgent que les planteurs envoient de nouveaux émissaires en France pour expliquer leur point de vue.

Pierre est furieux.

– Les Français veulent bien se gaver de sucre, mais ils se moquent de savoir comment on le produit. Louis XVI a refusé d'interdire la Société des amis des Noirs.

– Qui sont ces gens ?

– De dangereux rêveurs qui œuvrent à l'abolition de la traite des nègres et à la fin de l'esclavage.

– Mais nous avons des amis très puissants parmi les députés à l'Assemblée constituante.

– Lucile, la Société des amis des Noirs a dans ses rangs des personnalités très connues comme le marquis de Lafayette. Il est populaire parce qu'il a participé à la guerre d'indépendance américaine et remporté de nombreuses victoires face aux troupes britanniques. Cet abolitionniste est maintenant le commandant général de la Garde nationale. Si les idées des révolutionnaires se propagent, nos esclaves vont se révolter et ce sera la fin de nos colonies. Il faut absolument combattre leur Déclaration des Droits de l'Homme et du Citoyen.

Chapitre 5

Un prince doit contenir ses sujets dans l'obéissance

Je veux que la vie avec Pierre soit un enchantement. Il me couvre de cadeaux dès qu'un navire fait escale sur notre île : j'ai autant de vêtements et de bijoux qu'une princesse. Ses parents m'ont accueillie au sein de leur maison comme leur propre fille, et même les pluies tropicales de l'hiver et l'air étouffant ne réussissent pas à gâter ma bonne humeur. Pourtant, mon mari a un léger défaut : il veille sur moi comme sur une enfant. C'est un peu déroutant, car mon père m'a toujours laissé une grande liberté. Devoir acquiescer aux décisions de Pierre sans broncher et porter les tenues qu'il m'indique me contrarie. Je pensais le connaître par cœur, mais c'est un trait de caractère que je découvre et que je dois accepter.

Il agit par amour et veut mon bonheur ; il est juste un peu trop protecteur. Pour parcourir la plantation à cheval avec mon époux, j'ai dû complètement réapprendre à monter pour m'asseoir sur la selle en amazone. Pierre refuse que je chevauche à califourchon en habit d'homme, il juge cela indécent et fort peu féminin.

Dans les champs, les esclaves sont vêtus d'un pagne autour de la taille et d'un carré d'étoffe sur la tête pour se protéger du soleil. Je ne peux refouler un sentiment de malaise à la vue de ces hommes, à moitié nus, dont la peau sombre est luisante de sueur. Le dos courbé, ils s'évertuent à dépailler la canne, ils ôtent les feuilles fanées pour favoriser une meilleure repousse de la tige. Cette forêt de feuilles est dense comme la jungle et irrite la peau. Ils désherbent également autour des nouvelles pousses pour qu'elles ne soient pas étouffées. C'est une tâche pénible qu'il est important de mener à bien pour garantir la future récolte. Ils chantent en créole pour se donner du courage. Malgré leur ardeur, une partie de la propriété est envahie par les herbes folles, ce qui contrarie Pierre.

– Ces nègres vont nous ruiner. Le commandeur n'est pas assez sévère, c'est un sot plein de mollesse et cette gentillesse va gâter tous nos esclaves qui réservent leurs forces à l'entretien de leurs parcelles de terre. Quelques coups de fouet supplémentaires seraient utiles…

En plus du dimanche qui n'est pas travaillé, nous accordons à nos esclaves le « samedi nègre » tous les quinze jours, un temps libre où ils peuvent cultiver, dans un petit jardin près de leur case, des ignames et du manioc ou encore élever des poules. La production de ce jardin nègre leur appartient, cela permet de réduire les rations quotidiennes de vivres que nous leur distribuons et d'économiser un peu. Nous sommes choqués de constater que les Noirs travaillent avec entrain sur leur lopin, alors qu'ils montrent de l'indolence sur notre domaine.

Peu de temps après ce constat, Pierre change de commandeur. L'ancien, qui manquait de fermeté, avait un goût immodéré pour le tafia, un rhum à très forte teneur en alcool. Il était souvent trop ivre pour se faire obéir et n'avait plus la confiance de mon mari. Il redevient un nègre de houe, un simple ouvrier agricole. Vexé, il reste prostré dans sa case au lieu de s'activer dans les champs.

– Je vais le vendre, me confie Pierre. Il ne peut apporter que de la confusion sur l'exploitation.

Sous la surveillance du nouveau commandeur, l'arrachage des mauvaises herbes mobilise toute l'énergie de nos esclaves. Le travail qui commence le matin, quand sonne la grosse cloche de l'habitation, ne cesse qu'à la fin de la journée, au moment où tinte la cloche du soir. Le nouveau commandeur n'hésite pas à punir en faisant un ou deux exemples qui servent à tous. Il humilie les paresseux en leur posant un bâillon : une pièce de métal qui entre dans la bouche et appuie sur les commissures des lèvres comme un mors à cheval. Il lève le châtiment, pour que le nègre puisse manger, si ce dernier a fourni des efforts. Les esclaves redoutant encore plus le bâillon que le fouet, le retard pris dans le désherbage est vite oublié.

J'ai installé Rose dans une dépendance de la maison, la pauvre redoutait de devoir dormir dans une case à nègres. Ma nourrice n'est pas retournée dans ces petites cabanes de planches couvertes de feuilles de canne depuis qu'elle m'a allaitée. Je l'ai rassurée : ces huttes sommaires ne conviennent qu'aux nègres de houe, pas à la domesticité.

Rose est une grosse dame qui bavarde beaucoup et qui sourit presque toujours. Elle n'est pas aussi vieille que le prétend Pierre, mais d'habitude les Noirs ne vivent pas aussi longtemps. Comme les autres esclaves de la plantation, elle n'a jamais appris à lire. Mon père et mon mari prétendent qu'il serait malsain d'éduquer leurs nègres. Lorsque j'ai évoqué devant Pierre mon projet d'ouvrir une école pour nos petits négrillons, il a énergiquement protesté.

– Lire ne leur serait d'aucune utilité pour cultiver les champs de canne. Moi-même, je lis très peu. Les livres recèlent de véritables poisons qui pourraient les rendre malheureux. Crois-moi, nous ne reconnaîtrions plus nos gentils Noirs. Dès que je m'aperçois qu'un esclave arrive à déchiffrer quelques mots, je le vends avant qu'il ne contamine les autres.

– Mais Pierre, ils pourraient apprendre à lire la Bible.

– Cela suffit, Lucile. J'ai besoin de main-d'œuvre, pas de singes savants. Si tu persistes dans ton idée, je me débarrasserai de tous les enfants de nos esclaves.

Je m'incline devant la volonté de mon mari, car il n'y a pas que les nègres qui lui doivent obéissance. Moi aussi, je me suis engagée à accepter son autorité.

Chapitre 6

Il faut accepter des sacrifices

Rose n'est pas surprise de l'attitude de son nouveau maître.

– Monsieur Pierre est plein de sagesse. La lecture ne peut pas améliorer notre sort, mademoiselle Lucile.

Elle m'agace. Ce n'est pas très original pour une esclave d'affirmer que son maître est plein de sagesse.

Pierre aussi m'agace : il est souvent absent, les planteurs de l'île se réunissent fréquemment pour évoquer les événements de la métropole, et il m'a interdit de monter ma jument en son absence. Je ne dois pas non plus m'éloigner de la maison. Selon lui, c'est trop dangereux car des nègres marrons vagabondent dans les bois. Je suis furieuse, cette histoire de nègres marrons est bien commode pour me tenir recluse. Je me promenais tous les jours chez mon père. Ici, je suis comme une bête sauvage retenue en cage, j'ai envie de sortir et de galoper à perdre haleine.

Cloîtrée en l'absence de mon mari, je dévore quelques livres surprenants qui viennent de France. Il y a ce *Candide* de monsieur Voltaire qui critique le monde entier. Il décrit, de manière très exagérée, le traitement réservé aux esclaves, mais son histoire se déroule dans une colonie des Pays-Bas. On ne peut pas honnêtement comparer les conditions de vie de ces nègres avec celles des nôtres. Je suis sidérée. Ce n'est pas étonnant que de tels écrits vous mettent la tête à l'envers.

Je passe beaucoup de temps avec Rose. Il y a un mystère concernant ma nourrice que je n'ai jamais résolu : si ses seins étaient gonflés de lait, il y a vingt ans lorsque je lui ai été confiée, c'est parce qu'elle avait donné naissance à un bébé, elle aussi. Qu'est devenu cet enfant dont elle ne parle jamais ? À force d'insister, elle me révèle une partie de son douloureux passé. Une histoire qu'elle n'a pas voulu aborder quand nous vivions chez mon père pour ne pas le fâcher si jamais je la lui avais rapportée. Avant de commencer son récit, ma nourrice allume une petite pipe en bois dont elle ne se sépare jamais. La fumée du tabac la fait tousser et pleurer. Du moins, je crois que c'est la raison des larmes qui coulent sur ses joues.

Rose venait d'être achetée. Elle avait été choisie sur le marché aux esclaves parce qu'elle était enceinte, comme ma mère, et n'allait pas tarder à accoucher. C'est dans une case misérable, allongée sur une planche recouverte de feuilles de bananier, que ma nourrice avait donné naissance à une magnifique petite fille. L'enfant se portait bien parce que Rose avait beaucoup de lait.

Quelques jours plus tard, ma mère mettait au monde une autre petite fille, moi. C'était une dame très maigre, presque chétive, on avait à peine remarqué sa grossesse, et l'accouchement l'avait épuisée. Elle était trop faible pour allaiter. C'est pour prévenir cette incapacité que mon père avait acquis ma nourrice.

Rose dut alors quitter sa case en bambou et dormir dans ma chambre pour me nourrir dès mes premiers pleurs. Mon père désirait que je reçoive tout le lait de ma nourrice et Rose n'avait pas été autorisée à emmener son bébé avec elle. Elle avait dû le sevrer rapidement et la pauvre enfant, nourrie de bouillies et de soupes par d'autres esclaves, avait rapidement dépéri et était morte. Ma nourrice avait eu un chagrin immense qu'elle avait réussi à surmonter en m'entourant de son amour maternel. J'étais devenue sa fille de remplacement.

Le récit de Rose me bouleverse, j'ai toujours cru que la disparition de son bébé était due à la maladie. Il est préférable que je ne partage pas ses révélations avec toute la maisonnée. Si son enfant n'avait pas été sacrifiée, j'aurais pu avoir une sœur de lait noire. Cette idée me trouble.

Après le déjeuner, alors que ma belle-mère fait servir du café généreusement sucré, elle remarque mon agitation. Elle tente de me calmer et de me rassurer en me prenant la main, mais elle se méprend sur les motifs de mon émoi.

– L'absence de Pierre est difficile à supporter pour nous tous. Vous verrez, ma chère Lucile, vous serez plus sereine après votre premier enfant. Nous avons hâte. Qu'attend mon fils pour nous donner un héritier ?

Chapitre 7

Délégué en métropole

La Côte-au-vent, Basse-Terre, Guadeloupe, février 1790

Les informations arrivent de la métropole avec un décalage de deux ou trois mois. Elles sont portées par les bateaux négriers de Nantes ou de Bordeaux qui ont fait une première escale sur les côtes ouest de l'Afrique pour charger leur cargaison d'esclaves.

Rien ne s'arrange, les révolutionnaires se sont emparés du Roi à Versailles. Il y a encore eu des décapitations de gardes. On dit aussi que la famille royale est retenue prisonnière à Paris, au château des Tuileries, et que les biens de l'Église ont été confisqués.

Les planteurs ont décidé d'envoyer Pierre pour plaider notre cause auprès des parlementaires de l'Assemblée constituante.

Il faut absolument convaincre les députés de la nécessité de maintenir en l'état la prospérité de l'industrie sucrière. Un grand nombre de Français vit de ce commerce. La culture de la canne à sucre contribue à la richesse et à la grandeur de notre pays. L'abolition de l'esclavage ruinerait les plantations et une grande partie du commerce, elle conduirait les nègres à se rebeller et à attaquer des Blancs.

La nouvelle récolte de la canne à sucre va bientôt commencer et mon époux hésite à abandonner son exploitation. Je n'ai pas les mêmes doutes, la perspective d'un voyage en métropole me ravit. Je suis impatiente de découvrir Paris et de voir les sans-culottes pour de vrai. Mais lorsque je fais part de mon enthousiasme à Pierre, ce dernier le réprouve.

– Il n'a jamais été question que tu m'accompagnes dans cette entreprise périlleuse, Lucile.

– Pierre, c'est ma seule chance de sortir de cette île ! Je ne suis allée que deux fois à Pointe-à-Pitre sur Grande-Terre. Je ne connais aucune autre ville. Je veux voir le monde. Tes parents sont encore en pleine forme, ils pourront diriger la coupe de la canne à sucre en notre absence. Je t'en prie...

– Tu resteras sur la plantation. N'oublie pas que tu m'as promis obéissance le jour de notre mariage.
– Je ne suis pas ton esclave. Tu ne veux donc pas mon bonheur ?
– Je veux te protéger, Lucile. Ta place est à la maison en sécurité, pas à courir mille dangers. Tu es une enfant gâtée.

Ma déception est grande, mais je ne veux pas pleurer devant Pierre. Je cours me réfugier dans les écuries auprès de ma jument.

Je chevauche sans but. Le vent sèche mes larmes. Tout autour de moi, les cannes à sucre ondulent sous l'effet des alizés, comme un océan. Cette canne, c'est notre richesse. De la réussite de la récolte dépend le bien-être de notre famille et de nos esclaves. Je ne dois pas fuir mes responsabilités. Mon époux est peut-être dans le vrai, je suis une enfant gâtée.

Je n'entends pas arriver le cavalier qui galope à ma poursuite. C'est Pierre, il immobilise mon cheval.

– Tu as gagné. J'accepte à une condition, Lucile : que tu suives mes instructions en tous points pendant toute la durée de notre périple.

– Pierre, tu es adorable ! Tu verras, tu ne regretteras jamais ta décision. Je serai à tes ordres comme une esclave de la plantation de *mysié met Piè*...

– Très drôle, mais avant de me remercier, j'aimerais que tu m'écoutes attentivement. D'abord, nous allons nous déplacer dans un pays troublé dont les usages nous sont étrangers. Des amis nous attendront à Nantes et nous aideront à atteindre la capitale. Il faudra être prudents. Ensuite, ce séjour sera très inconfortable pour une dame, car nous n'emmenons pas de domestiques avec nous.

– Pas même Rose ?

– Pas un seul de nos esclaves, Lucile. Le sol de France affranchit l'esclave qui le foule. Cette tradition existe depuis plus de quatre cents ans. Dans le meilleur des cas, nos nègres seraient refoulés hors du pays à leur descente du bateau. Sinon, il leur suffirait de faire un pas sur le sol de la métropole pour être libres. Je ne souhaite pas perdre mon capital de cette manière.

Chapitre 8

Adieu, charmant pays

*Pointe-à-Pitre, Guadeloupe,
avril 1790*

Les adieux à Rose me peinent. Je n'imaginais pas qu'une esclave puisse être aussi importante pour moi. J'ai honte de l'avouer, mais j'aime cette Noire, je l'aime comme si elle était blanche.

Ma nourrice pose la paume de sa main sur mon ventre. Je recule instinctivement.

– Il est là, n'est-ce pas ?

Comment peut-elle savoir ? Je n'ai informé personne de ma grossesse. Si Pierre le savait, il ne prendrait pas le risque de m'embarquer. Je resterais à quai avec mes nausées et sans espoir d'avoir un jour d'autres horizons que les côtes de Guadeloupe.

– Je t'en prie… Ne le dis pas aux autres. J'ai le temps de traverser l'Océan, j'accoucherai en France.

– Tu prends la bonne décision en partant d'ici, Lucile. Surtout maintenant que tu attends ce bébé. Je n'ai pas l'intention de te faire changer d'avis.

Ma nourrice a le regard humide, mais elle parvient à retenir ses sanglots. Moi, je n'y arrive pas. Je ne comprends pas pourquoi elle m'encourage à quitter mon île.

Elle me remet un pli cacheté sur lequel les lettres de mon prénom ont été maladroitement tracées. Je l'interroge du regard, surprise.

Rose hoche la tête avec fierté.

– Oui, Lucile… Je sais lire et écrire. Pas très bien, mais je me débrouille. J'ai appris en même temps que toi. Personne ne s'en est rendu compte. Les Blancs sont persuadés que nous sommes des animaux. Est-ce qu'ils soupçonneraient leur mulet d'avoir appris à lire tout seul dans son écurie ? Je t'écoutais répéter les mots dans ton livre de lecture et je les répétais avec toi dans ma tête. Tu posais le doigt sur chacun d'eux et je me souvenais de la manière dont ils étaient écrits. C'est comme cela que j'ai acquis ce savoir que les Blancs redoutent tant chez leurs esclaves.

En me faisant cet aveu, Rose scelle notre complicité. Désormais, nous partageons deux secrets : ma grossesse et ses connaissances. Ma loyauté envers mon père et mon mari est mise à rude épreuve, mais je ne désire ni renoncer à mon voyage, ni perdre ma nourrice, car si je la dénonce, elle sera vendue.

Je m'apprête à ouvrir sa lettre quand elle arrête mon geste :

– Tu la liras quand tu seras sur le bateau et que tu vogueras en pleine mer, loin des Antilles.

– Mais pourquoi pas tout de suite ?

Rose a piqué ma curiosité. Elle entoure le contenu de sa correspondance de mystère.

– Lucile, promets-moi de ne pas l'ouvrir avant. Tu en comprendras la raison en la lisant.

– *Mwen fè sèman,* Rose, je le jure.

Mon père a tenu à m'accompagner jusqu'au quai. Il essaye, une dernière fois, de me dissuader d'accomplir ce voyage.

– Mon arrière-arrière-grand-père est venu de métropole au siècle dernier sur un de ces voiliers.

Mais pour rien au monde, je ne mettrais un pied sur ce vieux rafiot tout juste bon au transport d'esclaves.

— La traversée se passera bien.

— Je le souhaite de tout mon cœur, Lucile. Prends cela et cache-le. La pagaille règne partout en France, tu ne sais pas ce qui t'attend dans ce pays.

Mon père pose une bourse bien garnie dans le creux de ma main. Je proteste.

— Mon mari a les moyens de pourvoir à mes besoins.

— Je n'en doute pas, mais j'ai de l'argent dont je ne sais que faire. Je serai rassuré à l'idée que tu disposes d'un petit pécule personnel. Tu en useras à ta guise. Et puis, Pierre a absolument voulu me payer ta nourrice, il m'a privé du plaisir de te l'offrir dans ta dot.

C'est la première fois que je vois mon père aussi ému. Il ne m'a pas lâché la main. Je sens qu'il tremble, ce n'est plus l'homme fier et sévère qui m'a impressionnée durant toute mon enfance. Il a des cheveux blancs, de l'embonpoint, le dos voûté et me semble soudain très vieux.

Chapitre 9

Un océan immense

Nous avons appareillé de Pointe-à-Pitre à bord du *Pacifique*, un navire négrier nantais. C'est un bateau à voiles d'une trentaine de mètres de long qui a engrangé dans ses cales du sucre brut et du café, en remplacement de la cargaison d'esclaves qu'il a débarquée sur notre île.

J'ai passé la première journée sur le pont à regarder s'éloigner, puis disparaître, la terre où je suis née. Je suis restée accoudée au bastingage autant par nostalgie que pour vomir.

Je suis la seule femme à bord, l'équipage est persuadé que mes haut-le-cœur sont dus au mal de mer. Tant mieux, car je n'ai pas l'intention d'annoncer l'heureux événement avant un bon mois. Je ne veux pas affoler Pierre trop tôt et passer pour une cachottière en déclarant ma grossesse à peine partie de Guadeloupe.

Le capitaine a attendu que mes nausées se calment pour me faire visiter son navire, en compagnie de mon époux. Sous le gaillard avant se trouvent les cuisines avec, à proximité, une vraie ferme : des porcs, des moutons, des poules et des bœufs vivants. Leur litière est déjà souillée et l'odeur est infecte. J'ai besoin d'air frais. J'ai des vertiges. Je vais m'évanouir. Je titube un peu et je manque de tomber en arrière dans les bras de Pierre. Au dernier moment, j'ai un sursaut de lucidité et ma perte d'équilibre est mise sur le compte du roulis.

– Votre femme n'a vraiment pas le pied marin !

Le capitaine s'adresse à mon mari plutôt qu'à moi. Je ne suis pas en état d'engager la moindre conversation. J'ai juste le temps de remonter sur le pont et de me pencher par-dessus bord pour rendre tripes et boyaux.

Vivre sur ce navire, ballotée en tous sens, est un calvaire pour une femme enceinte. J'imagine que la traversée est encore plus éprouvante pour les nègres enchaînés sur plusieurs étages à fond de cale.

Contrairement aux matelots qui s'entassent dans une salle commune, nous avons la chance de bénéficier d'une cabine. Les hamacs sont une vraie bénédiction, ils suivent les mouvements du bateau. C'est le seul endroit où rien ne bouge. Je crois que je vais demeurer couchée jusqu'au port de Nantes.

Je commence à m'amariner et à vaincre mes nausées : même l'eau croupie, dont il faut éliminer les vers avant de la boire, ne m'écœure plus. Je compte les jours qui me séparent de la métropole. Je marche de long en large sur le voilier, c'est mon seul exercice physique et cela permet de passer le temps. La vie est monotone, Pierre joue aux cartes avec les officiers ; le dimanche, on distribue un peu de rhum à l'équipage qui, grisé par l'alcool, entonne des chants de marins.

Je pense qu'il est temps d'ouvrir le message de ma nourrice. Je n'ai aucune idée de son contenu. Je décachette l'enveloppe avec fébrilité. L'écriture de Rose est approximative, le tracé des lettres s'apparente à du dessin malhabile. Néanmoins, après quelques hésitations, j'arrive à déchiffrer le texte. Hélas.

Pitit fi mwen, ma fille,

Cette lettre va bouleverser ta vie, mais tu vas être mère à ton tour et je te dois la vérité. Tu as la chance de quitter cette maudite terre, moi, j'y resterai jusqu'à ma mort et je ne verrai jamais l'Afrique où mes ancêtres sont nés et vivaient libres.
Avant d'être achetée par M. Blanchard, j'appartenais à un autre planteur, un méchant homme. Mon amoureux, Fortuné, habitait l'exploitation voisine, il était très beau. C'était un esclave lui aussi, un mulâtre, le fils d'une négresse de houe et d'un planteur blanc. Je portais son petit et il voulait m'épouser. Pour que cette union soit possible, l'accord de nos deux maîtres était indispensable. Le mien a refusé de donner son autorisation et il s'est débarrassé de moi quand mon ventre est devenu gros.
Après avoir été rachetée et installée sur une nouvelle habitation sucrière, j'ai accouché d'un bébé magnifique, une petite fille, une chabine, une négresse à la peau claire, aussi blanche que j'étais noire. Mais je n'avais pas été achetée pour dorloter mon enfant.
Comme tu le sais, alors que j'avais du lait pour deux petits, mon nouveau maître exigea que je délaisse ma

fille pour nourrir celle que sa femme venait de mettre au monde.

Et c'est ce que j'ai fait. Je me suis bien conduite avec cette enfant, mais un matin, je l'ai trouvée immobile dans son berceau. Son visage était devenu tout bleu, elle ne respirait plus. J'étais affolée, j'ai essayé de lui frictionner la peau, en vain : elle était morte pendant la nuit. J'étais accablée. Puis, j'ai pensé à mon propre bébé. Il ressemblait à celui qui gisait sans vie dans mes bras, il était aussi blanc que lui, il avait le même âge et la même taille. Mme Blanchard ne venait presque jamais voir son bambin, elle était malade, et elle ne savait même pas comment il était fait. J'ai pensé qu'elle n'y verrait que du feu si j'échangeais les bébés.

Ce que j'ai fait est misérable, mais je t'ai offert ton unique chance de survivre et d'échapper à l'esclavage. Quand j'ai fait l'échange, tu avais déjà perdu du poids, tu souffrais d'indigestion et tu avais des convulsions. J'ai enterré discrètement le bébé du maître dans un coin tranquille de la propriété. Ensuite, je t'ai donné mon sein et tu es allée de mieux en mieux, jusqu'à guérir.

M. Blanchard n'est pas ton père...

Je suis ta mère. Tu es la fille d'une esclave noire.

Tu es blanche d'apparence, mais du sang noir coule dans tes veines. Ton enfant sera peut-être blanc comme toi, peut-être café au lait, peut-être complètement noir, comme moi.

Ne reviens jamais ici. Si ton bébé est noir et que tu reviens en Guadeloupe, ton mariage sera annulé. Les unions entre Blancs et Noirs sont interdites. Ton mari te rejettera quand il saura qu'il a épousé la fille d'une esclave. Tu seras traitée comme une négresse : tu seras enchaînée et vendue avec ton enfant sur le marché.

Profite de la couleur de ta peau pour marronner jusqu'en France et y rester. Fuis ton mari dès que tu en auras l'occasion. Il ne supportera pas de découvrir que l'enfant que tu portes n'est pas un Blanc.

Tu connais mon secret maintenant. Mon noir secret.

Je t'aime pour toujours.

Ta maman, Rose

Je n'en crois pas un mot. Je ne suis pas une négresse. Ma nourrice est folle, pourquoi a-t-elle inventé cette histoire ?

Je m'observe attentivement dans un miroir à main. J'ai les yeux marron, de longs cheveux noirs bouclés, un nez large et aplati, des lèvres épaisses et une petite fossette en croissant de lune sur le menton, la même que Rose. Je crois voir une version blanche de ma nounou dans la glace.

C'est affreux. Tout ce qui est écrit dans cette lettre est vrai, je suis noire ! Noire ! Cela ne se voit pas, mais dorénavant je le sais. Je suis une fille d'esclave noire…

C'est normal qu'on ne m'ait jamais fait de réflexion sur mon visage ou sur ma peau toujours bronzée, je ne suis pas la seule Blanche à posséder quelques traits physiques africains. Certains des enfants blancs que j'ai côtoyés à l'école de la paroisse étaient légèrement métissés, cependant ce métissage remontait à une époque très lointaine où les mariages mixtes étaient tolérés.

Aucun de mes proches n'a jamais remarqué que je ressemble à Rose. Mais les Blancs ne regardent jamais vraiment les nègres. Pour eux, les esclaves sont tous semblables. Ils ne les considèrent pas comme des humains, ils sont juste de la marchandise.

Rose est ma mère. L'enfant que j'attends aura du sang noir. À moins d'un miracle, il aura la peau suffisamment foncée pour susciter des questions, c'est une vérité face à laquelle je suis sans défense. La traversée m'offre encore quelques jours de répit avant de prendre une décision importante. Je peux fuir, marronner comme une vulgaire négresse, ou bien tout avouer à Pierre et mettre son amour à l'épreuve. Mais s'il me rejette, je serai traitée comme une esclave et Rose sera durement punie.

Je n'ai pas le droit de me tromper si je veux sortir du cauchemar où m'a plongée cette lettre.

Chapitre 10

Démasquée

À bord du *Pacifique*, le temps semble suspendu. Au bout de quelques jours, on perd tous nos repères, il n'y a plus ni passé, ni présent, ni avenir. On a la sensation d'être au milieu de l'océan depuis toujours et que la traversée ne prendra jamais fin. Notre seule réalité est cette minuscule coque en bois qui flotte au gré des vents et des courants.

L'oisiveté ne convient guère à Pierre qui, en compagnie du capitaine, boit trop. Il mise de grosses sommes lors des parties de cartes et perd beaucoup d'argent. Pour l'équipage, ce voyage est un moment de détente qui justifie toutes les beuveries. C'est plus reposant de convoyer du sucre et du café que de s'occuper de quatre cents nègres qu'il faut nourrir et sortir sur le pont pour les aérer et les hydrater.

Je lis et je relis sans cesse la lettre de Rose pour me convaincre que tous ces mots maladroitement tracés ne sont pas le fruit de mon imagination. J'ai peur d'être folle et d'avoir inventé cette histoire. Je cache la lettre dans mon corsage dès que j'entends un bruit, mais je m'assoupis parfois dans mon hamac en la tenant à la main. Je dois être plus prudente et jeter ces confidences à la mer avant que quelqu'un d'autre ne les lise.

La pénombre a envahi notre cabine. J'ai dû dormir longtemps, je me sens reposée après tous ces jours d'angoisse. Je cherche le message de ma nourrice que je parcourais avant de sommeiller, quand une voix pâteuse me fait sursauter.

– C'est cela que tu as perdu ?

Pierre est assis dans le second hamac. Il tient une bonbonne de rhum à la main et boit à même le goulot, il est ivre. Il me tend la lettre de Rose en tremblotant. Il s'approche tout près de mon ventre avant de se mettre à lui parler.

– Ta mère est une petite cachottière, gamin. Elle n'a pas été loyale envers moi. C'est un gros ventre, oui un sacré gros ventre pour que tu tiennes tout entier à l'intérieur : tes bras, tes jambes… et tes petites mains… et tes pieds… et même tes oreilles. Mais je t'ai trouvé… Tu peux sortir…

— Pierre, je ne t'ai rien dit à propos de ma grossesse parce que je n'imaginais pas me morfondre toute seule chez tes parents pendant que toi, tu serais en France. Mais ce n'est pas cette petite tromperie qui est la cause de ton ivrognerie, n'est-ce pas ?

— Ça, c'est le mot : tromperie. Pas une petite tromperie, une très grosse tromperie, une énorme tromperie. Moi, Pierre Grandpré, je suis blanc. Alors, je me marie avec une Blanche. Une belle Blanche, la plus belle Blanche de toute la Guadeloupe, mon amie d'enfance, la fille du voisin, un vrai Blanc. Et, surprise ! Elle n'est pas blanche. C'était un déguisement. J'ai épousé une négresse, une saleté de négresse camouflée sous une peau de Blanche ! La fille de mon esclave, une câpresse qui possède à peine un quart de sang blanc…

— Je suis toujours la même Lucile. Celle dont tu es amoureux depuis l'enfance, la femme à laquelle tu as juré un amour éternel. Cette lettre ne change rien.

— Tu m'écœures… Tu es une sale négresse ! Je me suis marié avec une négresse qui a usurpé l'identité d'une morte. Cette lettre change tout.

L'alcool rend le ton de mon mari cassant. Il n'y a plus aucune tendresse entre nous.

— Quelles sont tes intentions, Pierre ?

— Toi et ton bébé négro, à fond de cale ! Et je vais te fouetter sur le pont avant de te mettre les fers. Ça t'apprendra à jouer les Blanches…

Une boule d'angoisse bloque ma respiration. J'ai l'impression qu'un géant s'est agenouillé sur ma poitrine. Je suis essoufflée.

— Tu as de la chance. Les cales sont pleines, nous sommes chargés à ras bord… Il n'y a plus de place, même pour une esclave. Je plaisante, ma petite femme négresse…

— Ce n'est pas drôle. Je méprise les Noirs autant que toi.

En prononçant ces paroles, je me rends compte de leur stupidité. Je les méprise, mais je suis noire !

Pierre part d'un rire gras d'ivrogne avant de tomber de son hamac et de sombrer dans l'inconscience, à moitié assommé, à moitié soûl.

J'ai peur que mon mari ne m'aime plus. C'est cette traversée qui détraque les esprits. J'espère qu'il ne pensait pas les horreurs qu'il a proférées. À terre, il retrouvera sa lucidité.

Le jour s'est levé. *Le Pacifique* approche de sa destination finale. J'ai mis un linge humide sur la bosse de Pierre qui a protesté.
– Tu me fais mal, voyons.
– L'alcool est en train de te détruire.
– Ce n'est pas tous les jours que l'on apprend que l'on a épousé une négresse. J'ai eu un choc. Tu peux le comprendre.
– Que comptes-tu faire ?
– Rien, je me suis emporté hier. Tu avais raison, notre vie va continuer comme si cette maudite lettre n'avait jamais existé. Je l'ai détruite. La vraie couleur de ta peau ne sera pas un obstacle à notre bonheur : elle est invisible. Ce sera notre secret. Notre « noir secret », comme le dit ton esclave de mère, et nous serons les seuls à le connaître. Tu ne dois mettre personne d'autre dans la confidence, surtout pas ton père. Il doit ignorer cette ignominie. Tu es un

véritable phénomène : blanche à l'extérieur et noire à l'intérieur.

— Merci Pierre, tu es un homme bon.
— Cependant, ce n'est pas sans conséquence...
— Que veux-tu dire ?
— J'ai rêvé que tu mettais au monde un bébé noir. Un très beau nourrisson, un petit négrillon auquel tu donnais ton sein blanc. Tu essuyais ton lait qui coulait de ses lèvres avant de le remettre à téter. Ce cauchemar horrible n'en finissait pas. Lucile, je ne peux pas me permettre de rentrer en Guadeloupe avec un petit noiraud et expliquer à mes parents et à mes amis que c'est mon enfant.
— Il sera peut-être blanc comme nous, Pierre.
— Souhaite qu'il le soit...

Chapitre 11

La prospérité

Nantes, juin 1790

Notre navire a un fort tirant d'eau, aussi, une fois l'estuaire de la Loire passé, la remontée du fleuve jusqu'à Nantes s'effectue avec mille précautions pour éviter de nous échouer sur un banc de sable. Nous accostons en pleine ville, au quai de la Fosse.

Le déchargement des marchandises peut alors commencer.

– La cale sera bientôt à nouveau pleine, m'explique le capitaine.

– Vous repartez en Guadeloupe ?

– Non, pas tout de suite. Nous mettons le cap vers la côte ouest de l'Afrique, destination Saint-Louis du Sénégal. Nous y échangerons des textiles, des armes, de la verroterie et des alcools contre des esclaves.

Retrouver la terre ferme après deux mois passés en mer demande un temps d'adaptation. J'ai la sensation que le sol bouge.

La nouvelle de l'arrivée du *Pacifique* a fait le tour du port. Un comité d'accueil nous attend à la descente du bateau.
– Qui sont ces gens, Pierre ?
– Quelques notables parmi d'autres. Nous n'avons que des partisans dans cette ville, la traite négrière est le poumon de Nantes. Nos exploitations aux Antilles assurent la prospérité des armateurs, de la construction navale, des ateliers de tissage qui fabriquent des étoffes et les voiles des navires, des distilleries, des poudreries, des verreries et, bien sûr, des vingt-deux raffineries qui transforment le sucre brut. Sans oublier les matelots, la liste est infinie.

Pierre va au devant de ce groupe avec enthousiasme. J'assiste à de vigoureuses poignées de main et à quelques accolades. Mon mari a retrouvé son dynamisme naturel, mais il ne me présente pas à ses interlocuteurs. Il y a un long conciliabule dont il sort soulagé et réjoui.

– Nous allons séjourner quelques jours chez un armateur en attendant notre départ pour Paris. Pas un mot sur tes origines ! Il est persuadé que les nègres sont tous des sauvages et des voleurs. Il risquerait de monter la garde toute la nuit devant son argenterie. Et puis, je ne tiens pas à ce que mon nom soit marqué du sceau de la honte. Nous devrions être de retour en Guadeloupe avant la naissance de ton enfant.

– De notre enfant, Pierre. Tu es son père.

Nous résidons dans un luxueux hôtel particulier sur l'île Feydeau, pas très loin du port où nous avons débarqué. La tête d'une femme africaine est sculptée sur la façade de l'immeuble. C'est une représentation caricaturale supposée exprimer toute la bêtise de cette négresse.

L'armateur nous accueille à sa table pour le dîner. Sa demeure est joliment parée de tableaux et de meubles marquetés. Quelques Noirs en livrée de domestique, perruqués et gantés de blanc, apportent les plats. Notre hôte surprend mon regard interrogateur.

– Ce ne sont pas des esclaves. Le royaume interdit au plus gros armateur de la plus grande ville négrière de France de posséder des esclaves. J'ai dû les affranchir et les déclarer à la police des Noirs. Et je les paye pour qu'ils restent à mon service. Une aberration ! Vous avez beaucoup de chance dans les colonies de ne pas être soumis à de pareils règlements.

– Si nous devions payer nos nègres, l'économie de nos exploitations n'y survivrait pas. Le bénéfice que nous tirons de la vente de notre sucre est assez faible.

– Il en est de même de la traite, mon cher Pierre. Quand je monte une expédition, j'ai énormément de frais. La valeur des nègres a exagérément augmenté, les chefs de guerre africains ne se contentent plus de bijoux de pacotille et de quelques coquillages. Et j'ai énormément de pertes lors de la traversée : si j'achète cent nègres, il m'en reste environ quatre-vingts lorsque le bateau atteint les Antilles. Il faut bien les inspecter avant de les faire monter à bord, certains négociants essayent de me refiler des nègres mal en point en les maquillant. Croyez-moi, je ne gagne rien ou presque.

– Vous exagérez mon ami, à Pointe-à-Pitre, les magasins d'esclaves vendent leur marchandise à prix d'or.

– Ce qui est rare est cher. Essayez de faire durer vos esclaves un peu plus longtemps, vous aurez besoin d'en changer moins souvent.

Je mange un délicieux canard en essayant de ne pas écouter la conversation. Après deux mois d'aliments moisis, ce plat est un délice, mais la conversation de Pierre et de ce négociant parvient à me couper l'appétit.

Pourtant, le pire est encore à venir : l'armateur demande à ce qu'on apporte une de ses meilleures bouteilles de Champagne.

– Qu'est-ce que nous fêtons, cher Monsieur ? je demande, surprise.

– Pierre ne vous a pas informée ?

Mon mari a un sourire un peu niais. Quant à moi, je passe pour une imbécile.

– De quoi donc ?

– Votre mission en métropole est couronnée de succès avant même d'avoir commencé : nous avons gagné. Le député Barnave a fait voter le maintien de l'esclavage dans les colonies par l'Assemblée constituante. Nous pouvons lui être reconnaissants.

— Les révolutionnaires ont enfin compris qu'il y avait un prix à payer pour continuer à manger du sucre.

— « Tous les hommes naissent et demeurent libres et égaux en droits » ; imaginez cette situation dans les Îles du vent... Impensable ! Les nègres ne sont pas nés pour être nos égaux, ce sont des biens que l'on possède, comme nos mules. Hélas, certains esprits retors n'acceptent pas cette évidence. Nous empêchons ces fauteurs de trouble d'embarquer pour Saint-Domingue ou pour les petites Antilles depuis les ports français.

— Qui sont ces gens ?

— Des hommes de couleur libres qui veulent exporter la révolution dans les Caraïbes. Ils souhaitent libérer « leurs frères ». Certains essayent de passer par Londres pour déjouer notre surveillance. Ces insensés ne quitteront jamais plus Saint-Domingue.

— Que vont-ils devenir ?

— S'ils manigancent un complot, ils seront pendus haut et court ou bien soumis au supplice de la roue en place publique pour servir d'exemple. Comme le dit notre député Barnave : « Le nègre ne peut croire qu'il est l'égal du Blanc. » Pierre, je propose qu'on lève nos verres en l'honneur de Barnave.

   – À Barnave !

   Ces deux hommes me dégoûtent.

Chapitre 12

Un nègre libre

Malgré la victoire des planteurs, Pierre doit remettre en mains propres aux députés de notre camp les cahiers de doléances dont il a la charge.

Nous partons pour Paris en berline, une voiture fermée tirée par deux chevaux. Le cocher est assis sur un siège surélevé à l'extérieur, tandis que nous sommes installés sur des banquettes à l'intérieur. Les émeutes dans les campagnes rendent la route peu sûre et le parcours se fait en grande partie au galop. Nous nous arrêtons dans des relais de poste afin de changer régulièrement les chevaux et d'y passer la nuit. En effet, il est trop périlleux de voyager dès la tombée du jour. Parfois, nous parcourons des étapes de quatre-vingts kilomètres, mais nous n'arrivons pas à en faire plus de trente lorsque la chaussée est en mauvais état. Quand les énormes roues de la berline passent sur un nid-de-poule, nous faisons des bonds sur notre siège ; je saute jusqu'au plafond de la voiture sous le regard attentif de Pierre. Je suis certaine qu'il espère que les cahots seront fatals à notre bébé.

Mon bébé me donne d'affreux coups de pied, mais il résiste et moi aussi.

On s'accommode de tous les désagréments, surtout après une traversée de l'Atlantique. Un après-midi, nous somnolons sur notre banquette, lorsque soudain nous sommes projetés vers l'avant : le cocher a tiré sur ses rênes et actionné le frein sur la roue de la berline.

Pierre ouvre la portière et me dit de rester à l'intérieur, mais je veux me dégourdir les jambes, alors je le suis. Un véhicule a heurté le talus et a versé dans le fossé. Un postillon en grand uniforme barre le chemin. C'est le conducteur de la voiture accidentée.

– Vous avez des blessés ? demande Pierre.

– Par chance, je n'avais qu'un passager et il est

indemne. Pourriez-vous le prendre à votre bord et prévenir le prochain relais afin que l'on m'envoie des secours ?

– Mais bien volontiers, mon brave. Nous pouvons même le conduire jusqu'à la capitale, si c'est sa destination. Nous avons de la place dans la berline. Où est votre voyageur ?

– Je suis ici, monsieur. Je vous remercie de votre obligeance. Vous me rendez un grand service, car on m'attend impatiemment à Paris.

L'homme qui a prononcé ces mots sort de derrière un bosquet, Pierre a un mouvement de recul en le découvrant. Je ne peux pas non plus cacher ma surprise. C'est un individu élégamment vêtu d'un gilet de soie brodé et d'une culotte en peau de daim qui s'avance vers nous. Quelqu'un d'assez riche : il porte une longue redingote taillée dans un tissu de qualité et ses cheveux sont cachés sous une perruque poudrée. Face à lui, nous avons l'air de rustauds endimanchés.

Ce n'est pas son élégance qui nous laisse sans voix, mais la couleur de sa peau : elle est noire.

– Enchanté de croiser votre route en ces

circonstances : vous me tirez d'un grand embarras. Joseph Bologne de Saint-George, bretteur et musicien, pour vous servir. Ma bonne épée saura vous défendre si nous faisons quelque mauvaise rencontre.

Pierre reste muet, articulant des sons inaudibles.

– Vous semblez étonné. Ma couleur de peau vous déplaît-elle ?

– Nullement, c'est juste que j'ignorais que les nègres étaient autorisés à porter l'épée en métropole.

– Ils portent bien la machette dans les colonies pour couper la canne. Vous avez un accent créole. De quelle île venez-vous ?

– La Guadeloupe, je suis planteur, mon nom est Pierre Grandpré. Je possède une habitation sucrière.

– Moi aussi, je suis originaire de Guadeloupe. Je vous rassure, je ne suis pas un *neg mawon*.

– J'ai entendu parler de votre père, notre île est toute petite. Il a fort mal géré ses exploitations, mais il avait de nombreux esclaves.

– C'est navrant, mais sachez que je n'étais pas un de ses « nègres ». Je suis un homme de couleur libre.

– Montez dans notre voiture. Vous nous raconterez votre histoire en roulant.

Nous parcourons en une semaine les quatre cents kilomètres qui nous séparent de Paris. Les journées de voyage paraissent plus courtes depuis que le chevalier de Saint-George nous tient compagnie. Il s'avère être un ardent défenseur de l'abolition de l'esclavage, au grand désarroi de mon époux. Ses échanges avec Pierre sont houleux, mais courtois. Le chevalier s'exprime dans un français impeccable qui nous intimide, nous n'avons jamais entendu un Noir parler avec autant de facilité. Sa conversation rend le voyage agréable et adoucit mes inquiétudes, car Pierre est souvent à court d'arguments. J'espère que cette rencontre le rendra plus indulgent à mon égard.

Arrivés en ville, le chevalier nous remet sa carte de visite avant de prendre congé.

– Je loge à Paris quelques semaines. Si je puis vous être utile, n'hésitez pas à me solliciter. Je suis votre obligé.

Devant la mine perplexe de mon mari, il ajoute :

– Si vous perdez cette carte, contactez la Société des amis des Noirs. On saura où me trouver. J'ai failli rater l'assemblée générale de cette société, mais grâce à votre obligeance, les nègres des colonies auront un avocat. Je ne cesserai de vous en remercier.

Pierre est pris d'une quinte de toux et manque de s'étrangler. Tandis que le chevalier de Saint-George s'éloigne, je l'entends marmonner :

– Pourvu que personne n'apprenne cela…

Chapitre 13

Le prix du sucre

Paris, 14 juillet 1790

La capitale est une ruche. Depuis plusieurs jours, des ouvriers préparent le Champ-de-Mars pour la fête de la Fédération, un an après la prise de la Bastille.

Les gardes nationales fédérées, formées de citoyens, affluent de toutes les provinces à l'invitation de Lafayette, le commandant de la Garde nationale de Paris.

J'insiste pour que Pierre m'y emmène malgré mon ventre proéminent.

– Ah, non ! Pas une fête organisée par cet abolitionniste de Lafayette !

– Il y aura aussi Louis XVI…

Mon époux ne résiste pas à la tentation de voir le Roi.

La foule est immense en dépit de la pluie. Le Champ-de-Mars se métamorphose rapidement en un champ de boue. Dans l'assistance, les plus courageux forment de joyeuses farandoles.

Je suis étonnée de découvrir quelques militaires noirs, dont un capitaine mulâtre. Nous sommes bien loin de la Guadeloupe. Ici, mon enfant, s'il naît noir, pourrait espérer une vie meilleure.

– Regarde, Lucile. Louis XVI et Marie-Antoinette arrivent à la tribune…

– Et Lafayette ! Il est magnifique sur son cheval blanc.

Les canons tonnent au moment du serment à la Nation. La terre tremble. Mon ventre aussi, mon bébé gigote, effrayé par ce bruit.

– La Révolution est terminée, le Roi est réconcilié avec son peuple. Je pense que nous serons définitivement épargnés par cette idiotie de Déclaration des Droits de l'Homme.

J'écoute Pierre et je prends conscience que je ne suis pas d'accord avec lui : j'espère que Lafayette réussira à supprimer l'esclavage dans nos colonies.

C'est la première fois que j'ai de telles idées. La lettre de Rose et le rejet de Pierre ont amorcé une véritable révolution en moi.

Paris, août 1790

Depuis notre arrivée dans la capitale, nous sommes hébergés par le fils d'un riche planteur de Saint-Domingue dans son hôtel particulier. Il a hérité d'une grosse habitation sucrière qu'un gestionnaire sur place fait fructifier et dont il se contente de tirer les bénéfices à distance. Il mène un train de vie extravagant en dépensant sans compter. Il porte des habits confectionnés avec des tissus délicats et coûteux et son intérieur est décoré de beaux objets façonnés par les meilleurs artisans et de tableaux peints par des maîtres. Le faste et le raffinement de sa maison offrent un saisissant contraste avec les cases à nègres.

Pierre fréquente assidûment le Club Massiac, un regroupement de colons et de négociants qui défendent leurs intérêts. Ils n'hésitent pas à employer la force contre les Noirs et leurs amis. Dans la capitale, ils influencent avec succès le Roi et l'Assemblée constituante. C'est grâce à ce réseau que l'esclavage n'a pas été aboli dans les colonies. Le Club Massiac est puissant et riche, et il ne cessera pas le combat contre la Société des amis des Noirs de Lafayette.

Lors d'un souper, j'ai émis quelques réserves sur le bon droit de l'esclavage. J'ai répété les arguments de livres que j'avais lus en Guadeloupe, comme *Candide*. Je me suis attiré les foudres de tous les convives et les réprimandes de mon mari.

Pierre est pressé de retrouver la Guadeloupe, ses finances ont fondu. Il s'est fait plumer comme un benêt sur le bateau, puis à divers jeux d'argent avec ses compagnons du club. Heureusement, ses amis savent se montrer généreux, car je suis alitée et guère en état de voyager dans une berline.

On m'apporte des douceurs au lit. Je vais éclater à force d'ingurgiter meringues et macarons, biscuits et gaufres, en buvant du chocolat très sucré.

M. Bruyère, notre hôte, s'enquiert de ma santé,

lui et mon mari se font servir une collation dans ma chambre pour me tenir compagnie. Je suis un peu gênée de recevoir ainsi du monde, mais bien que je ne sois guère présentable, ma chambre est devenue un véritable salon.

– Lucile, ma très chère amie, que pensez-vous des friandises que je vous ai fait porter ?

– Elles sont excellentes. Je vous en remercie.

Notre hôte paraît satisfait de ma réponse. Il se détourne et s'adresse à Pierre comme si j'avais cessé d'exister.

– Vous voyez bien. Vous n'avez rien à craindre, tout le monde aime le sucre. Votre femme aussi, malgré ses idées suspectes. Elle a pitié de ces pauvres nègres, mais elle adore mes gâteaux.

J'ouvre la bouche pour répliquer, mais mon époux me fait les gros yeux. Alors, je reprends une bouchée de chouquette parsemée de cristaux de sucre. Soulagé de mon silence, qu'il considère comme une approbation, notre hôte continue.

– Notre sucre permet de confectionner de succulentes pâtisseries et de savoureuses crèmes. Si on l'associe aux fruits, on obtient des confitures qu'il permet de conserver. Sans lui, il est inconcevable de déguster un bon café ou un chocolat. Il est aujourd'hui aussi indispensable que le sel au bonheur de nos contemporains. Observez votre femme…

J'ai les joues pleines de petits choux. J'ai mauvaise conscience et une énorme envie de lui tartiner la face avec un peu de crème pâtissière.

– Rassurez-vous, les députés n'aboliront jamais l'esclavage, mon cher Pierre. Je ne connais aucun homme sensé qui soit prêt à renoncer à l'usage du sucre, même si c'est au prix de l'esclavage, comme l'a écrit ce monsieur Voltaire, un importun qui n'a pas réussi à nous en priver…

Chapitre 14

La couleur de l'amour

Paris, septembre 1790

J'ai des douleurs au bas-ventre, puis des contractions qui s'estompent et réapparaissent régulièrement. Je crois que le moment est venu d'aller chercher la matrone. Je suis allongée et Pierre me tient la main jusqu'à ce que la poche des eaux se perce et inonde le lit. Une grosse dame lui ordonne de quitter la pièce. Je pousse de toutes mes forces pour faire sortir le bébé.

On me dépose le petit être que je porte depuis neuf mois sur le ventre. Le contact de sa peau contre la mienne est magique. L'enfant est bien vigoureux. La matrone coupe le cordon ombilical. J'ai à peine le temps de voir mon bébé, qu'il est déjà tout emmailloté dans un linge qui l'emprisonne entièrement comme une chenille dans son cocon, même le haut de son crâne est recouvert. Je m'aperçois que je n'ai pas remarqué sa couleur.

Pierre passe sa tête par l'entrebâillement de la porte.

– Il est comment ?

– Vous êtes le papa d'un magnifique garçon, répond mon accoucheuse.

Un sentiment de fierté fait prendre des airs importants à mon mari : l'orgueil d'avoir engendré un petit mâle. Mais cette satisfaction est éphémère, l'inquiétude reprend le dessus.

– Quelle est sa couleur, Lucile ?

– Je ne sais pas. Sa figure est blanche.

– Le reste du corps aussi ? demande Pierre plein d'espoir.

La matrone s'amuse de la question.

– Vous êtes des colonies, n'est-ce pas ?

Nous hochons la tête à l'unisson.

– Alors, vous devriez savoir que seuls les enfants de parents noirs, qui sont souvent blancs à la naissance, ont la peau qui fonce dans les heures ou les jours qui suivent. Votre bébé à vous est blanc et va le rester !

– Il est magnifique. Qu'en penses-tu, Pierre ?
– Difficile à dire. Il est ficelé comme un saucisson… Il a un beau visage.
– On pourrait lui donner le même prénom que ton père : Augustin.
– Tu vas trop vite, Lucile. Ne t'emballe pas. Nous ferions mieux d'attendre quelques jours avant de décider de ce que nous allons faire.
– Qu'est-ce que tu racontes ?
– Repose-toi, tu es exténuée. Il sera temps de clarifier notre situation demain.

Des volets ont été accrochés à ma fenêtre, j'ignore s'il fait déjà jour. Je n'ai pas dormi. Mon bébé pleure sans arrêt. Il a faim, mais l'accoucheuse prétend que le lait des premiers jours est un poison et elle m'a interdit de l'allaiter. Elle lui administre de l'eau sucrée à l'aide d'un petit pot en terre cuite dont le bec verseur est recouvert d'un tissu.

Des éclats de voix me parviennent de la pièce voisine, la conversation de deux hommes dont le ton monte. Je suis encore très faible mais je me lève en serrant les dents et je m'approche en silence de la porte de ma chambre. En collant mon oreille dessus, les paroles échangées deviennent compréhensibles et insupportables.

— La matrone a nettoyé votre enfant ce matin. Sa peau a terriblement foncé, Pierre. C'est un nègre !

— Cela ne peut venir que du côté de ma femme. De vieilles mésalliances qui remontent au début de la colonisation sans doute.

Mon mari ment pour ne pas s'exposer aux foudres de M. Bruyère. Il n'apprécierait pas d'héberger une fille d'esclave.

— On a beau diluer le sang noir dans beaucoup de sang blanc, il en subsiste toujours quelques gouttes.

— C'est déplaisant. Je croyais que la famille de votre épouse était irréprochable. Vous avez bien fait de venir en métropole. Nous allons vous débarrasser de ce négrillon.

— C'est ce que j'avais l'intention de faire. Il n'est pas envisageable que mon nom soit sali en étant porté par un nègre.

— Vous avez été bien léger en contractant ce mariage avec cette métisse.

— J'étais loin de me douter de tels antécédents

dans sa famille. Je suis résolu à abandonner le bébé.

— Je vais vous aider. Nous recommandons une séparation stricte entre les nègres, même s'ils ne sont pas des esclaves, et les Blancs ; en tant que propriétaire d'une habitation sucrière, vous devez donner l'exemple. Il y a une hiérarchie à maintenir si vous ne voulez pas que les quatre-vingt-dix mille esclaves nègres de votre île se croient les égaux des dix mille Blancs à qui ils appartiennent. Comment ferez-vous respecter l'ordre si cela se produit ? Et je ne parle pas de ceux que certains planteurs ont affranchis au cours du temps... trente mille libres de couleur ! Vous ne pouvez pas regagner les Antilles avec cet enfant mulâtre et prétendre défendre les intérêts du Club Massiac. Nous avons remporté une victoire fragile à l'Assemblée constituante. Ne gâchez pas tout.

— Je suis entièrement d'accord et je vous remercie de votre soutien. Je vous laisse régler le sort de ce gamin. Je vais rentrer en Guadeloupe avec ma femme. Ce qui arrive est abominable. Depuis que j'ai vu cet enfant noir sortir de ses entrailles, je ne la supporte plus. Lucile me fait horreur...

Chapitre 15

Marronnage

Je me suis forcée à manger, je dois reprendre des forces. J'ai démailloté mon enfant : sa peau a bruni, il est encore plus noir que ma mère, Rose. J'ai donné le sein à mon bébé en sentant la chaleur de son corps contre le mien. Il ne pleure plus. Les bébés noirs ressemblent étrangement aux bébés blancs. La couleur de sa peau ne me dégoûte pas et la mienne ne me répugne plus. Je l'aime autant que s'il était blanc.

Je ne veux pas que mon enfant devienne un esclave, qu'il soit vendu, fouetté, considéré comme un objet. Je ne l'ai pas choisi, mais je suis passée de l'autre côté de la frontière qui sépare les maîtres des esclaves. Avant, je voyais les nègres seulement comme des outils ou des animaux utiles à notre exploitation. J'ai assisté à des châtiments où les coups de fouet étaient généreusement distribués, la souffrance des esclaves ne m'émouvait pas, elle était aussi naturelle que celle des bêtes qu'on tue pour manger ; elle était inscrite dans l'ordre des choses. Je me rends compte à présent que ce sont des êtres humains. Si je n'avais pas mis au monde ce petit Noir, je ne l'aurais jamais compris, je serais restée aveugle et sourde parce que cela me permettait de vivre dans un certain confort.

Je retrouve un peu d'optimisme et me sens prête à prendre des décisions qui changeront la vie de mon enfant et qui compliqueront singulièrement la mienne. Notre hôte est le complice de mon mari, ils ont affirmé que je ne pourrai pas regagner les Antilles avec mon petit. Ils complotent et ne reculeront devant aucun crime pour le faire disparaître. Je crains le pire, aussi vais-je suivre les conseils de Rose : je vais devenir une négresse marron ! La maison est silencieuse. Je dois fuir maintenant.

Je ne connais personne dans cette ville, hormis le chevalier de Saint-George que nous avons secouru.

Pierre a déchiré sa carte de visite, mais j'en ai récupéré les morceaux. Je vais me faire conduire à son hôtel, je suis sûre qu'il m'aidera.

Comme je refuse de serrer un lacet à la mode métropolitaine autour du lange de mon bébé, je l'enveloppe dans une couverture épaisse. J'emprunte un châle dans l'armoire de la chambre et je le pose sur mes épaules, par-dessus ma robe. Je dois m'habituer à l'idée qu'il faut se couvrir de vêtements pour ne pas avoir froid dans ce pays.

Je tâte pour vérifier que la bourse offerte par celui que je croyais être mon père est toujours cachée dans la poche de mon jupon. Mon enfant dans les bras, j'avance en tremblant dans le couloir désert. Je ne peux empêcher le bois du plancher de craquer un peu, suffisamment pour qu'une porte s'ouvre en grinçant. Je suis figée par la peur lorsque la voix grossière de la matrone m'interpelle.

– Vous nous quittez sans nous saluer ? Ce n'est guère poli, ma petite dame.

– Où sont mon mari et M. Bruyère ?

– Au club. Ils sont partis de bon matin à l'hôtel de Massiac. Nous sommes seules.

– Je vais mettre mon fils en sûreté. Laissez-moi partir. Je crains pour sa vie s'il demeure ici.

– Où donc espérez-vous trouver refuge ?

Je lui montre la carte du chevalier de Saint-George.

– Aidez-moi à rejoindre cet endroit. J'ai de l'argent, de quoi vous récompenser.

– Des assignats, des bouts de papier sans valeur ?

– Non, des pièces d'or. J'en ai une bourse pleine.

En voyant la lueur d'avidité qui brille dans le regard de la femme, je regrette aussitôt mon aveu.

– Attendez-moi dans votre chambre. Je vais vous chercher un fiacre. Les rues parisiennes sont de vrais coupe-gorges pour une dame des colonies.

De retour dans l'alcôve où j'ai accouché, je maudis ma naïveté. Je ne devrais pas me fier à cette femme. Je devrais partir tout de suite. Il n'y a aucune horloge sur la cheminée, alors l'attente de son retour paraît durer une éternité.

Je somnole en berçant mon bébé. On frappe à la porte. Je sursaute. Ce n'est que la matrone.

– Le fiacre est au coin de la rue. Vous n'avez pas changé d'avis ?

Je lui confirme ma volonté.

— Dans ce cas, dépêchez-vous. Les hommes peuvent revenir à tout moment.

La vieille femme me pousse dans le fiacre et s'agrippe à mon bras. Je lui donne deux pièces en or. Elle est ravie et me sourit, découvrant de vieux chicots jaunis dans sa bouche édentée. Je suis trop suspicieuse : cette matrone est cupide, mais honnête.

Je suis une esclave fraîchement débarquée fuyant son habitation sucrière. Mon nouvel environnement est hostile. Le fiacre s'enfonce dans un Paris complètement inconnu. Les voies carrossées croisent de petits chemins de terre avec des tas de fumier et des mares. Pour moi, cette ville est pire que la jungle de Guadeloupe, mais je n'ai pas peur. Pour la première fois depuis mon mariage, je me sens libre. Et cette sensation est grisante.

La voiture ralentit car la rue est étroite et la circulation abondante. Les cabriolets impatients essayent de doubler les chaises à porteurs et créent un embouteillage. Un grand nombre de passants se fraye un chemin entre les véhicules arrêtés, augmentant encore la confusion.

Je soulève la petite trappe qui permet de communiquer avec le cocher.

– Sommes-nous encore loin ?

– Vous y serez toujours assez tôt, madame, répond-il d'un ton insolent.

Je réfrène mon envie de réprimander ce postillon en guenilles et je me cale sur mon siège.

Le fiacre repart et s'engage dans une ruelle sombre et malodorante avant de s'immobiliser à nouveau. Cela m'étonnerait que le chevalier de Saint-George habite ce quartier sordide.

– Cocher, vous faites erreur. Ce n'est pas la bonne adresse. Vous vous êtes trompé…

L'homme bloque la roue de son véhicule et descend de son siège.

– Je crois au contraire que vous êtes arrivée, madame, glousse-t-il en ouvrant ma portière.

Il avance une main crasseuse.

– Qui vous permet ? Ôtez votre sale patte !

– La nécessité me le permet. Et votre imprudence.

Il a sorti un poignard qu'il pointe vers mon enfant.

– Je vous en prie, ne lui faites pas de mal. Que voulez-vous ?

— Votre bourse, voyons. Je ne suis pas un mauvais bougre. Je vous laisserai la vie sauve si vous me la remettez immédiatement. La bourse ou la vie, chère madame ?

— Pose ton couteau. Mme Grandpré n'a pas besoin de ton numéro de bandit de grand chemin pour se montrer raisonnable. Nous ne sommes pas des voleurs.

Je sursaute. J'ai reconnu sa voix avant d'apercevoir son visage : la matrone se tient près du cocher.

— Nous utiliserons votre argent pour votre petit. Nous nous en occuperons correctement, n'ayez crainte. Mais placer son enfant en nourrice coûte cher de nos jours. Donnez-moi la bourse et le gamin ! On a assez perdu de temps.

Je ne comprends pas ce que veut ce couple de gredins.

— Voici un sac rempli de pièces d'or. Ne touchez pas à mon fils !

La vieille empoigne vivement la bourse.

— Votre mari ne vous a pas mise au courant, alors c'est à nous de faire le sale travail et de passer pour des méchants…

– Laissez-moi partir avec mon enfant. Je ne dirai rien à personne.

– Mais que diriez-vous, ma pauvre ? Que vous nous avez remis la somme convenue contre le placement de votre bébé en nourrice ? Des tas de femmes font cela tous les jours. Ce n'est pas un crime.

– Je n'ai passé aucun accord avec vous.

– Pas vous, Mme Grandpré, mais votre mari. Allez, le môme et pas d'histoire ! Nous allons vous ramener auprès de votre époux, vous allez pouvoir vérifier nos dires. Il n'a pas beaucoup apprécié que vous essayiez de lui fausser compagnie.

Je me cramponne à mon enfant comme une furie.

– Lâchez-le, nous allons lui arracher un bras si nous tirons chacune d'un côté.

J'ouvre les doigts et je laisse s'échapper le petit être que j'ai porté en moi. Le désespoir m'envahit, des spasmes de chagrin me font trembler.

La matrone part à pied avec mon bébé, tandis que le cocher redémarre.

Chapitre 16

Le chantage

Pierre et M. Bruyère forment un comité d'accueil lugubre.

– Vous allez regagner la Guadeloupe avec votre mari.

– Pas sans mon fils !

– Il est entre de bonnes mains, celles qui l'ont mis au monde. Si vous vous montrez sage, vous recevrez de ses nouvelles une fois l'an. Pierre était très inquiet de votre fuite, il craignait tellement qu'un scandale n'éclabousse son nom qu'il a craqué, il m'a tout raconté sur vos vraies origines. Vous avez de la chance, il a refusé qu'on vous tue. Ne me faites pas regretter de vous laisser en vie, Mme Grandpré. Vous devrez tenir votre langue et continuer votre vie d'épouse modèle comme s'il ne s'était rien passé.

Personne ne doit savoir que vous êtes la fille d'une esclave et que vous avez eu un fils.

— Mon père m'adore, je suis certaine que je peux me confier à lui. Lui dire toute la vérité, même lui avouer que je ne suis pas sa fille. Il m'aidera à retourner en France pour retrouver mon enfant.

— Madame, beaucoup d'enfants meurent en bas âge sans que cela étonne quiconque. Vous prendriez un risque insensé à désobéir à nos ordres.

— Vous êtes un scélérat !

— Vous devriez fouetter votre femme, mon cher Grandpré. Après tout, puisqu'elle est la fille d'une de vos esclaves, elle est aussi votre esclave.

Pierre ne proteste même pas. Sa docilité se retourne contre lui : notre hôte brandit la carte de visite du chevalier de Saint-George sous son nez.

— Votre épouse avait ceci en sa possession. J'ai appris que vous aviez véhiculé ce nègre jusqu'à Paris. Cet individu est un agitateur, il soutient des expéditions séditieuses vers Saint-Domingue. J'ai tout lieu de croire que vous êtes un traître, Pierre Grandpré. Vous êtes un abolitionniste doublé d'un crétin qui se marie avec la fille d'une négresse. Vous n'êtes pas digne de fréquenter le Club Massiac. Votre présence dans ma maison est devenue inopportune. Rentrez chez vous !

— Je ne peux pas payer notre voyage de retour et vous savez bien pourquoi, vous m'avez dépouillé du reste de ma bourse au trictrac. J'ai tout misé sur ces satanés dés… Je n'ai plus un sou vaillant.

— Il ne faut pas jouer quand on n'a pas les moyens de perdre. Vous allez devoir prouver votre loyauté si vous souhaitez revoir les îles. Je peux vous offrir le passage sur mon bateau, c'est un vieux navire de commerce que j'ai acheté une misère, un très bon placement par les temps qui courent. Je le ferai transformer par un charpentier. Ce rafiot s'appelle *Le Bienheureux*. Il vous attend à Bordeaux.

— C'est un négrier ?

— Tout à fait, Mme Grandpré. Un négrier en partance pour Saint-Domingue, une colonie où nous avons une grande pénurie de nègres. Il faut dire que les armateurs et les négociants hésitaient à y transporter des esclaves, ils redoutaient que la Révolution ne les affranchisse et qu'elle ne ruine leur investissement. Il n'en a rien été, mais nous avons pris du retard dans le remplacement de notre main-d'œuvre et Saint-Domingue est la plus grande île productrice de sucre, bien plus importante que votre pauvre Guadeloupe…

– Qu'attendez-vous de moi ? Je n'y connais rien en transport de nègres, proteste mon mari.

– Vous n'aurez besoin d'aucune connaissance. Il n'y a pas assez de Blancs sur ce bateau et cela pourrait donner à certains des idées de mutinerie. Vous ferez tout ce que le capitaine vous ordonnera de faire. Pierre, un planteur raffiné comme vous impressionnera ces nègres. Quant à vous, Lucile, vous vous occuperez des enfants.

– Vous ne pouvez pas exiger cela de moi après m'avoir enlevé mon bébé…

– Au contraire, consolez-vous en pensant qu'on soignera aussi bien votre bambin que vous les nôtres.

– Vous ne savez pas de quoi vous parlez. Vous n'avez jamais eu d'enfant !

– Les gamins de mes esclaves m'appartiennent, ce sont mes enfants. Et ceux qui ont le plus de valeur, ce sont les orphelins parce que je peux vendre les tout-petits sans leurs parents.

– C'est ignoble !

– Vous avez intérêt à les bichonner. Les colons adorent les petits négros, ils les achètent pour amuser leur famille. Ce sont des compagnons très prisés. Les négrillons sont malins comme des singes, mais plus propres, et ils peuvent apprendre mille tours qui les font ressembler à des Blancs. Je vais en transporter quelques-uns. Vous veillerez à en limiter au maximum la perte pendant la traversée.

Chapitre 17

Le bois d'ébène

Saint-Louis du Sénégal, novembre 1790

Nous avons fait du cabotage pendant un mois sur les côtes d'Afrique avant de nous engager dans l'embouchure du fleuve Sénégal.

Saint-Louis est un immense comptoir de commerce. De grands entrepôts, disséminés de chaque côté des berges du cours d'eau, renferment des marchandises de valeur : de l'or, de l'ivoire, de la gomme arabique et des esclaves.

Le Bienheureux charge à son bord un demi-millier de nègres. On surnomme cette cargaison humaine le « bois d'ébène ». Le propriétaire du bateau a fait aménager, à mi-hauteur de l'entrepont, un plancher supplémentaire sur les deux flancs du navire. La capacité de transport du négrier est ainsi augmentée, mais ces travaux et une voie d'eau qu'il a fallu colmater nous ont fait prendre trois semaines de retard. L'attente et l'inaction m'exaspèrent. Je veux en finir au plus vite.

Comme n'importe quel maquignon, le marchand d'esclaves fait défiler ses captifs en les manipulant pour vanter leur musculature, leur dentition, leurs poumons et tout le reste de leur corps.

Ceux qui sont acceptés par le capitaine ont la tête rasée et sont entièrement dévêtus. Une marque est appliquée au fer rouge sur leur épaule pour éviter qu'on les confonde quand ils seront mélangés avec d'autres nègres au magasin d'esclaves. Les captifs restent entièrement nus pendant tout le voyage.

Les hommes sont entassés à l'avant du bateau, sur l'entrepont et à l'étage intermédiaire créé entre le pont et l'entrepont. Ils n'ont même pas assez d'espace pour se tenir debout. Leurs mains et leurs pieds sont entravés par des fers et une chaîne passe entre leurs jambes. Les femmes, une centaine, sont parquées juste après, et les enfants sont à l'arrière.

Une longue plainte s'élève lorsque nous quittons les côtes du Sénégal. Ma première traversée m'avait semblé interminable, elle était cependant bien douce, comparée à ce retour au pays à bord d'un négrier miteux et surpeuplé. Les gémissements d'un demi-millier d'esclaves paniqués et en proie au mal de mer sont épouvantables.

J'ai la charge d'une cinquantaine d'enfants. L'équipage, une trentaine de Blancs, dont mon mari, s'occupe des adultes. L'eau et la nourriture sont distribuées deux fois par jour. Les esclaves qui refusent de manger sont fouettés.

Par petits groupes, les nègres montent sur le pont, ils sont lavés à grand seaux d'eau de mer et frottés avec des brosses. Ils sont infestés de vermine. Les femmes ont droit au même traitement. On leur demande de chanter des mélodies africaines pour que les hommes dansent, malgré leurs chaînes. D'après l'équipage, ce minimum d'exercice est indispensable pour que les esclaves ne s'affaiblissent pas.

Les enfants pleurent beaucoup. Certains ont leurs parents prisonniers à bord du navire, d'autres ont été arrachés à leur famille et sont seuls. J'ai envie de tous les prendre dans mes bras, peut-être parce que mon fils partage leur détresse quelque part en France. Mon ventre vide me déprime, je rêve toutes les nuits de mon bébé et je le cherche à mon réveil. J'apprends aux bambins quelques mots de français et de créole. Ils me sourient pour que je sois contente, mais ils sont tristes, fragiles et chétifs. Je voudrais qu'on ait les moyens de les acheter tous et de les ramener avec nous en Guadeloupe.

En dépit de mes efforts, une dizaine d'enfants meurt de fièvre et de dysenterie. Des adultes meurent aussi. Tous les corps sont jetés à l'eau sans ménagement.

Je suis bouleversée. Nous ne sommes pas des êtres humains, mais des monstres, les traitements que nous infligeons à ces enfants et à ces adultes sont d'une cruauté bestiale. À mon arrivée à Saint-Domingue, la traite des nègres et l'esclavage me répugnent plus que jamais. Je suis devenue à mon tour une fervente abolitionniste.

Chapitre 18

La roue de l'infortune

*Le Cap, Saint-Domingue,
février 1791*

Le débarquement de notre marchandise dans le port du Cap Français a été aussi banal que si nous avions déchargé des sacs de farine. La lente procession d'hommes enchaînés qui a défilé du port jusqu'à l'entrepôt n'a suscité aucun étonnement. Après quelques jours d'engraissage, notre précieuse cargaison d'êtres humains sera livrée dans les magasins d'esclaves. Des affiches annoncent déjà la vente qui aura lieu prochainement.

Nous avons convoyé ces esclaves en « limitant les pertes », nous avons donc mérité notre passage jusqu'en Guadeloupe. Notre bateau part dans deux jours.

La ville du Cap est un chaudron bouillant. La place d'Armes, devant la grande église Notre-Dame, grouille de badauds. Une agitation bruyante, bientôt remplacée par un silence pesant.

Pierre et moi nous frayons un chemin dans la foule pour découvrir la raison de cet attroupement.

Un échafaud est dressé au centre de la place. Un homme noir est attaché à une grande roue posée horizontalement sur plusieurs billots. Un autre homme, armé d'une masse, se penche au-dessus du supplicié.

– Que se passe-t-il ?

– Vous n'êtes pas du Cap, madame, sinon vous sauriez que c'est Vincent Ogé, un libre de couleur qui voulait nous imposer les lois de la métropole, me répond un fermier blanc.

Le marteau du bourreau s'abat sur le bras du condamné. Son cri de douleur est repris par un tumulte qui monte de l'assistance.

– C'est atroce !

– Vous êtes trop sensible, madame. Ce mulâtre avait soulevé les gens de couleur contre nous. Je vous conseille de rentrer chez vous si vous n'aimez pas ce spectacle, nous ne sommes qu'au début du châtiment.

En effet, l'exécuteur brise méthodiquement les membres, la poitrine et les reins du malheureux, puis il le laisse agoniser sur sa roue. Je ferme les yeux et je me bouche les oreilles. C'est effroyable.

– Je t'en prie, partons, Pierre.

Mon mari semble fasciné par ce massacre. Je dois le secouer pour qu'il reprenne conscience et qu'il me parle.

– Ces Noirs sont des idiots. Cet individu était libre, pourquoi n'a-t-il pas profité paisiblement de sa liberté ?

– Ce ne sont pas eux les idiots, ce châtiment est barbare.

– Non, mais qu'est-ce que vous racontez… Nous apportons la civilisation à ces sauvages ! Les barbares, ce sont ces nègres qui veulent être nos égaux, réagit mon voisin.

– Bientôt, nous serons tous égaux.

– Dans quel camp êtes-vous, madame ?

Le bonhomme commence à ameuter la population et un groupe se forme autour de nous.

– Cette dame défend les séditieux !

Notre position devient délicate. Pierre m'entraîne dans les ruelles du Cap.

– Filons avant que leur sang ne s'échauffe et que la foule ne nous lynche…

Chapitre 19

Le chagrin dure trois ans

*La Côte-au-vent, Basse-Terre, Guadeloupe,
mars 1791 - avril 1794*

J'étouffe dans mon île, elle me paraît minuscule après ce long voyage.

Rose a été vendue à une plantation de Grande-Terre. Pierre en a donné l'ordre dans un courrier qui nous a précédés. Elle a quitté la propriété avant notre arrivée, je n'ai pas pu la revoir.

Mon père croit toujours que je suis son enfant. Il m'a chérie depuis ma naissance et je ne parviens pas à le haïr. Mais j'ai un léger mouvement de recul quand il me serre dans ses bras. Je ne peux pas m'empêcher d'imaginer que, sans la supercherie de Rose, ma mère, je serais morte dans d'affreuses convulsions sur son ordre. En me privant de lait maternel, il m'avait condamnée et il m'aurait laissé mourir.

Je n'arrête pas d'y penser.

Je tiens à merveille mon rôle de Blanche et de femme de planteur, mais sans conviction désormais. Le commandeur se plaint souvent de moi auprès de mon époux : il prétend que je sape son autorité en l'empêchant de fouetter les esclaves. S'il connaissait ma vraie couleur de peau, il n'hésiterait pas à me flageller moi aussi.

Mon entourage soutient que l'esclavage est la meilleure solution pour les nègres, que ce sont des êtres primitifs qui ne songent qu'à s'entretuer ou à paresser. En vérité, je pense que les Blancs sont les vrais barbares de la fin de ce siècle.

J'ai fait racheter Évariste, l'Africain que mon père avait fait fouetter et dont Rose avait eu pitié. Elle m'avait réprimandée parce que je m'étais amusée de la douleur de cet homme et j'ai honte de ma bêtise d'alors. Deux ans ont passé, les plaies d'Évariste ont fini par cicatriser et il s'est habitué à nos coutumes cruelles. Je lui apprends à lire en secret, c'est ma façon de me révolter et d'essayer d'obtenir le pardon d'un être humain qui me ressemble.

Mes beaux-parents attendent avec impatience

l'annonce d'un heureux événement qui ne se produira jamais. Il n'est pas question que je retombe enceinte, Pierre en serait le premier contrarié.

Il m'a de nouveau assurée de son amour, alors qu'il n'aime que mon enveloppe extérieure blanche. Il dit s'être trompé, qu'il regrette son attitude en métropole, mais il m'est impossible d'oublier le dédain qu'il éprouve pour la fille d'esclave noire que je suis et ce qu'il a fait à notre fils.

Nous essayons de renvoyer aux autres l'image d'un couple parfait qui rayonne de bonheur : nous invitons nos amis blancs, nous sommes invités, nous sourions, nous rions et nous faisons honneur à notre communauté.

Faire semblant est usant et je suis épuisée par cette comédie permanente. Je veux mon bébé resté en nourrice dans cette lointaine métropole dont je guette les moindres nouvelles.

Les informations arrivent du continent tant bien que mal : « La guerre a éclaté entre la France et le reste du monde. » « La France n'est plus un royaume, mais une république de citoyens. » « Le Roi et la Reine ont été guillotinés. »

Je ne reçois plus de lettres de la matrone qui garde mon fils.

Je dévore avec avidité les rares gazettes venues de France. Elle est loin la fille de planteur écervelée qui a épousé Pierre…

Les Antilles ne sont pas épargnées par le conflit qui oppose la France et le Royaume-Uni, les navires français essuient parfois le feu anglais. Les Britanniques signent un traité avec les planteurs de Saint-Domingue, de la Martinique et de la Guadeloupe, effrayés par la Révolution française. Les colons sont prêts à trahir leur pays en échange du maintien du système esclavagiste. Quant aux Britanniques, ils agrandissent leur empire en envahissant ces précieuses îles sucrières, et surtout, ils combattent le mauvais exemple donné par les abolitionnistes français avant qu'il ne vienne contaminer leurs propres colonies.

À Saint-Domingue, les commissaires de la République affranchissent tous les esclaves pour qu'ils combattent les Anglais à leurs côtés. Un nommé Toussaint Louverture prend le commandement de ces nouveaux libres de couleur. Après la Martinique, les Anglais finissent par s'emparer de notre île au mois d'avril de l'année 1794. Ils massacrent les Noirs qui ont choisi le camp républicain et rétablissent la monarchie dans toutes les îles conquises.

C'est alors que ma vie bascule pour la deuxième fois.

Chapitre 20

Libération

*Basse-Terre et Grande-Terre, Guadeloupe,
germinal an II (avril 1794)*

Une nouvelle incroyable nous parvient avec l'invasion des troupes britanniques : celle d'une loi adoptée par la République française. D'abord, c'est simplement une rumeur qui bruisse dans le feuillage des palmiers, puis c'est un texte officiel distribué par les soldats anglais qui occupent la Guadeloupe. Ils espèrent effrayer les Blancs et rallier à leur camp les propriétaires des habitations sucrières.

« La Convention nationale déclare que l'esclavage des nègres dans toutes les colonies est aboli ; en conséquence, elle décrète que les hommes, sans distinction de couleur, domiciliés dans les colonies, sont citoyens français et jouiront de tous les droits assurés par la Constitution. »

Je rêve de ce moment de bonheur depuis mon retour en Guadeloupe. Certains esclaves l'ont attendu toute leur vie.

Je surprends Évariste en pleine lecture publique de la nouvelle loi devant ses compagnons. Les tracts imprimés font se lever un vent d'espoir et de révolte dans la population noire. C'est un effet que ne prévoyaient pas les militaires britanniques.

Ma présence provoque des remous au sein de cette assemblée improvisée, mais Évariste met rapidement un terme aux réactions d'hostilité qui s'expriment à l'apparition de la maîtresse de la plantation. Il me regarde en souriant, une expression narquoise fièrement affichée sur le visage. Il termine sa lecture joyeusement devant un public incrédule. J'attends que l'assistance se disperse pour m'approcher de lui. J'adopte un ton aussi enjoué que le sien :

– Mon époux avait au moins raison sur un point : il est extrêmement dangereux d'apprendre à lire à ses esclaves…

– Vous auriez dû lui obéir. Mais l'abolition de l'esclavage ne semble pas vous chagriner.

– Non. C'est une libération pour moi aussi, la fin d'une bouffonnerie. Je vous expliquerai… Il ne faut cependant pas se réjouir trop vite, les Anglais occupent toujours l'île.

– Plus pour longtemps. Nous allons les chasser. Je vais rejoindre un groupe de nègres marrons qui se cachent dans la montagne. Vous avez été bonne pour moi et je ne voulais pas partir sans vous prévenir.

– Soyez prudent, Évariste. Cette fois, si vous êtes repris, Pierre n'hésitera pas à laisser ses chiens vous déchiqueter.

– N'ayez crainte. Je saurai me défendre.

– Vous n'avez pas peur que je répète tout à mon mari ?

– Pour être honnête, j'hésitais à vous en parler. Je n'avais pas entièrement confiance.

– Qu'est-ce qui vous a fait changer d'avis ?

– Ce n'est pas quelque chose, mais quelqu'un. Une femme à qui Rose s'est confiée avant d'être vendue par votre époux. Vous n'irez pas me dénoncer, Lucile.

Je prends ma respiration pour répondre, sans y parvenir. Je reste la bouche ouverte comme un poisson hors de l'eau. Évariste est le premier habitant de l'île à mentionner le nom de ma mère. C'est la fin d'un secret ridiculement honteux. Je dois m'habituer à cette idée.

– Vous savez ce qu'est devenue ma mère ? Le nom de l'exploitation à laquelle elle a été vendue ?

– Hélas, non. Mais nous la retrouverons, soyez-en sûre.

Je pose la main sur son épaule, à l'endroit précis où le fouet avait arraché les chairs sous mon regard approbateur. C'était il y a un siècle, quand j'étais blanche.

– Bonne chance...

Je suis à la fois inquiète pour Évariste et heureuse, parce que l'avenir me semble soudain différent. Il s'écrit avec la promesse de revoir ma mère et de pouvoir reprendre mon fils. Cependant, il n'est pas question de faire la fête au domaine, nous sommes à la saison de la récolte des cannes à sucre et les champs sont déserts. Pierre et le commandeur sont contraints d'aller chercher les Noirs un par un dans leur case et de leur expliquer qu'ils sont toujours des esclaves, puisque la Guadeloupe ne reconnaît pas la République.

Notre appartenance au royaume britannique ne dure pas, heureusement. En juin, Victor Hugues, un commissaire républicain mandaté par la Convention nationale, débarque avec mille soldats. Il annonce officiellement la fin de l'esclavage dans l'île et enrôle sans peine trois mille hommes supplémentaires parmi les anciens esclaves. Les Anglais sont chassés et les hommes qui leur sont ralliés sont emprisonnés.

Le commissaire de la Convention a amené dans ses bagages une machine imposante tout en bois. Elle est composée de montants verticaux dans lesquels coulisse un lourd couperet en acier : c'est une guillotine. Un appareil pour exécuter les condamnés sans souffrances inutiles. Une invention « civilisée et humaine ». Selon certains ragots, elle aurait fait tout le voyage dressée sur le pont supérieur, nouvelle figure de proue du navire. C'est impossible, mais cette histoire donne des frissons. Elle se propage comme une menace, la promesse d'un châtiment sans pitié.

Victor Hugues installe sa guillotine place de la Victoire à Pointe-à-Pitre. Les prisonniers, blancs et noirs, sont exécutés. Les têtes des planteurs royalistes tombent.

C'est l'affolement. Tous nos amis blancs veulent quitter l'île.

Mon père est arrêté, il est accusé d'avoir laissé pourrir volontairement la totalité de sa récolte en interdisant l'accès aux champs à ses anciens esclaves, un crime grave à un moment où le sucre devient rare. Saint-Domingue, en proie aux combats, n'est plus en mesure de cultiver la canne, alors le prix du sucre s'est envolé en métropole, causant de nouveaux mécontentements. Mon père est condamné à être guillotiné.

Je demande une audience à Victor Hugues, le gouverneur de l'île, pour obtenir sa grâce. J'espère être convaincante car, si une partie de moi est persuadée que ce châtiment n'est pas mérité, l'autre estime qu'il est légitime.

Je ne suis pas autorisée à voir Victor Hugues, j'ai juste le droit de rendre visite à mon père dans sa cellule la veille de sa mise à mort.

Une question me trotte dans la tête depuis que l'on m'a accordé cette visite. Dois-je lui avouer que je ne suis pas sa fille ou le laisser mourir avec cette illusion ? Il n'a pas mérité de monter sur l'échafaud accablé d'un tel tourment moral. Il m'embrasse tendrement. Je me jette dans ses bras et je pleure.

– Prends soin de toi. Tu es ma fille chérie, ne l'oublie jamais. Souviens-toi de mon visage, rappelle-toi de mon amour.

Je ne saurai jamais à qui cette déclaration s'adresse, à moi ou à sa fille morte que Rose a remplacée à son insu ? J'ai eu une enfance heureuse, j'étais libre dans un monde simple divisé en deux couleurs : la bonne et la mauvaise. Mon père m'a appris à faire peu de cas des Noirs. Il m'a inculqué, dès mon plus jeune âge, un sentiment de supériorité. Les enfants gobent tout. J'ai cru que la vie des esclaves avait moins d'importance que les meubles de notre belle maison. Je lui en veux pour cela.

Je n'ai pas le courage de l'accompagner jusqu'au bout de son chemin, je n'assiste pas à sa décapitation. J'ai un vrai chagrin à la mort de cet homme qui fut mon père malgré tout. J'ai porté son nom avant de me marier. Il m'aurait peut-être encore aimée un peu s'il avait su la vérité. Mes souvenirs heureux de gamine innocente reviennent à ma mémoire.

– Papa !

Après cette exécution, Pierre juge qu'il est préférable de prendre le chemin de l'exil.

Qu'il parte !

Je suis une femme blanche, noire et libre.

Je reste.

Mon époux n'est plus en mesure d'exercer de chantage sur moi. Les rapports de force se sont inversés. Je pose les conditions et si j'y suis contrainte, je n'hésiterai pas un instant à dénoncer sa fuite.

– Je veux que tu ramènes Rose au domaine. Tu sais dans quelle partie de l'île elle a été vendue.

– C'est hors de question. Circuler est devenu trop hasardeux avec ces hordes de nègres armés qui traînent. Tu te feras tuer, comme ton père. Pars avec nous, Lucile, tu es blanche.

– Pierre, c'est la seule chose qui ait jamais compté pour toi, la couleur de ma peau ?

– Tu déformes mes propos. Je t'aime, voyons.

– Si tu m'aimais, tu n'aurais pas laissé notre enfant entre les mains de cette matrone... Je veux aussi un courrier destiné à M. Bruyère m'autorisant à reprendre mon fils.

– Tu vas ramener ce nègre ici ? Tu veux mon déshonneur ?
– Où est ton honneur dans cette débandade devant le commissaire de la Convention ? Bientôt, il ne restera plus aucun Blanc en Guadeloupe.

Évariste m'accompagne jusqu'à la plantation à laquelle ma mère a été vendue. Après avoir combattu les Anglais aux côtés de Victor Hugues, il a préféré revenir plutôt que d'intégrer l'armée de la République. Avec lui, je me sens en sécurité et je n'ai pas envie d'être seule quand je reverrai Rose. J'ai honte : elle m'entourait de son amour et je l'ai constamment méprisée, je l'ai humiliée et elle n'a jamais renoncé à me protéger. Elle a su garder le secret de ma naissance même quand elle a reçu le fouet par ma faute. Son amour maternel a toujours été le plus fort, alors que ma première réaction, quand j'ai appris que j'étais sa fille, a été du dégoût.

Le commandeur de la plantation nous indique une femme noire qui porte une brassée de cannes à sucre qu'elle jette dans une charrette.

– Rose !

La vieille dame se retourne. Des rides strient sa peau plissée. Les quatre années qui viennent de s'écouler l'ont terriblement marquée. Elle pensait sans doute ne jamais me revoir et semble croire à une hallucination. Elle ouvre lentement les bras.

La gêne que j'éprouve a disparu d'un coup. Tout s'efface, la couleur de ma peau et ma méchanceté, mon arrogance et le mensonge dans lequel j'ai vécu toute ma vie. Je me précipite contre elle. Je veux redevenir sa fille, sa toute petite fille.

– Nous sommes venus te chercher, Maman. Nous te ramenons chez nous…

– Mais, Pierre ?

– Maman, *Esklav, sa fini* !

L'émissaire de la République qui confisque les habitations sucrières des planteurs émigrés veille à maintenir les affranchis sur les domaines pour assurer la prochaine récolte. Le commandeur essaie donc de nous empêcher d'emmener Rose en dehors de l'exploitation, mais il n'ose pas s'opposer à Évariste.

Pierre est parti avec ses parents et ses amis, je deviens officiellement responsable de sa plantation avec ma mère. Par un étrange retournement de l'histoire de notre île, Rose est devenue maîtresse de l'habitation sucrière dont elle était esclave. Ce doit être cela que l'on appelle la Révolution française.

Aux yeux de tous, et au grand étonnement des Noirs et du millier de Blancs qui restent dans notre colonie, je suis redevenue sa fille. Évariste est le seul à ne pas en être surpris.

Le gaillard a vite assimilé le processus de production du sucre et j'en ai fait mon commandeur. C'est une récompense méritée pour cet ancien esclave. Il a une autorité naturelle sur ses compagnons de misère et n'a pas besoin du fouet. D'ailleurs, on ne fouette pas des hommes libres.

J'ai trouvé la vraie couleur de ma peau, cette couleur qui me répugnait tant. Je suis noire, enfin !

Chapitre 21

Retour en métropole

*France métropolitaine, fructidor an III
(septembre 1795)*

Je n'ai été autorisée à quitter la plantation qu'une fois la nouvelle récolte de canne rentrée. Envoyer le sucre en métropole est une priorité pour Victor Hugues. Les planteurs qui négligent leur exploitation sont considérés comme des traîtres et les traîtres ont la tête tranchée.

Dès la fin des travaux agricoles, j'ai pris la mer munie d'un sauf-conduit qui atteste que je ne suis pas une ennemie du peuple qui a fui la Révolution. J'ai obtenu le même document pour Évariste qui m'accompagne.

Mon navire accoste à Bordeaux. La Convention a supprimé la prime qu'elle accordait pour subventionner la traite des Noirs, bon nombre d'armateurs négriers ont été arrêtés. La traite n'existe plus.

Sur le port, je croise un homme qui porte un madrier qu'il a prélevé sur un tas de bois où sont entassés des planches et d'autres éléments de construction. Je reconnais son visage, c'est le charpentier qui œuvrait à bord du *Bienheureux*, notre bateau négrier. Je comprends aussitôt que cet homme charge à bord de son navire le matériel nécessaire pour construire un plancher supplémentaire en Afrique, une fois que l'entrepont aura été débarrassé de ses marchandises. Le commerce triangulaire n'est pas terminé. Maudits contrebandiers…

Évariste aussi a compris. Je n'ai pas le temps de le retenir, il veut en découdre. En trois enjambées, il grimpe sur le pont du vieux rafiot et plonge dans la cale.

L'équipage du négrier clandestin n'est pas au complet et Évariste bénéficie d'un effet de surprise. À moitié assommés, une demi-douzaine d'hommes sont jetés sur le pont, puis passés par-dessus bord dans les eaux nauséabondes du port. Des fers et des chaînes ne tardent pas à suivre le même chemin.

Évariste a un filet de sang qui lui coule du nez et de son arcade sourcilière ouverte, mais il éclate d'un rire joyeux.

– Au moins, je sais pourquoi je saigne.

J'appuie un mouchoir sur sa blessure pour arrêter l'hémorragie.

– Il faut qu'on trouve un chirurgien pour recoudre ta plaie.

– Oui, mais déguerpissons. Les petits copains de ces négriers vont rappliquer.

Il me prend le bras et m'emmène loin du port. J'ai déjà posé ma main sur lui, cependant c'est la première fois qu'il me touche. Ce contact est bizarre, j'ai l'impression de ne jamais l'avoir considéré comme mon égal et de découvrir soudain son existence. Évariste n'est plus ni mon esclave, ni mon employé, mais un homme séduisant qui n'a que quelques années de plus que moi.

Je suis de retour à Paris. Enfin.

La guillotine a raccourci des citoyens ici aussi. Le gouvernement qui a aboli l'esclavage a été renversé. Un grand nombre de ses membres a été condamné à mort ou déporté à Cayenne, en Guyane. Le cocher qui nous a menés jusqu'à la capitale nous confie que bientôt on rétablira un roi sur le trône de France. J'ignore si je dois exhiber ou cacher mon sauf-conduit de la République.

La fête de la Fédération est bien loin : dans les rues, des bandes de jeunes gens très élégants, armés de bâtons, font la chasse aux révolutionnaires. La couleur de peau d'Évariste provoque une vive agitation dans un de ces groupes quand nous le croisons. Quelques quolibets fusent à son passage, mais la stature de mon compagnon dissuade ces poltrons de nous importuner davantage.

Je suis devant l'hôtel particulier où, voilà cinq ans, j'ai accouché. J'ai un peu le trac quand la porte s'ouvre. J'ai la lettre de mon mari à la main, je suis confiante, mon enfant en échange de cette lettre... Un domestique nous informe que son maître, hélas, a émigré à l'étranger de peur de goûter au rasoir national. Je suis consternée : comment retrouver la nourrice de mon fils dans cette ville immense sans les indications de cet homme ? Je ne me résous pas à m'éloigner, cet hôtel est le seul lien qui reste entre mon enfant et moi. Évariste est patient, mais le soir tombe et je consens finalement à partir quand un groupe bruyant et aviné s'arrête devant la maison. Nous nous réfugions dans l'encoignure d'une porte cochère. Ce sont les jeunes gens que nous avons croisés un peu plus tôt. Les hommes ont des tenues grotesques aux couleurs criardes et les femmes sont vêtues de robes presque transparentes. Ils rient et parlent fort. Ils chahutent avec un individu qui est censé ne plus être en France, M. Bruyère. Tout ce monde entre dans le logis pour continuer la beuverie. De la rue, nous percevons les cris des fêtards jusqu'à une heure avancée de la nuit. L'assemblée est encore plus joyeuse, plus bruyante et plus ivre quand elle quitte les lieux.

C'est le moment que nous choisissons pour nous introduire dans la demeure par l'entrée de service.

Une débauche de boissons et de nourriture encombre encore la salle de réception. Je guide Évariste jusqu'aux appartements du maître de maison. Ce dernier, vêtu d'une chemise de nuit et d'un bonnet, a déjà soufflé la chandelle. Il sursaute quand la porte de sa chambre s'ouvre à la volée. Évariste se tient sur le seuil de la pièce qu'il remplit de sa carrure imposante. Il éclaire son visage menaçant d'une lampe à huile.

M. Bruyère a une horrible frayeur et je ne lui laisse pas le temps de reprendre ses esprits.

– Comment va mon fils ? J'espère qu'il est en bonne santé.

– Mme Grandpré, vous êtes un spectre ? Pitié, ne me faites pas de mal. J'ai pris grand soin de lui.

– Vous allez nous mener jusqu'à sa nourrice.

– Pas en pleine nuit, c'est trop dangereux ! Elle habite dans les faubourgs, au-delà de l'enceinte des Fermiers généraux. Nous serions des proies faciles pour les brigands et la garde municipale risquerait de nous prendre pour des conspirateurs...

Malgré notre méfiance vis à vis des propos de M. Bruyère, nous acceptons d'attendre le lever du soleil pour ressortir chercher mon fils.

Chapitre 22

La harpie

Nous débarquons chez la matrone aux premières lueurs du jour.

Elle habite une maison en pierre délabrée, couverte d'un toit de chaume. Le sol de cette demeure est en terre battue comme les cases à nègres.

J'étais seule et faible, à bout de forces, quand elle a volé mon enfant, je reviens résolue et avec du renfort. Évariste pousse M. Bruyère devant lui. La perruque de travers et la redingote mal boutonnée, l'homme essaye de se faire tout petit.

La vieille femme évalue rapidement la situation. Son corps s'est affaissé, à l'image de son domicile, mais son regard est toujours vif.

– Je savais que vous n'abandonneriez pas votre môme. Vous êtes aussi coriace que lui. Il est derrière, dans la cour.

Un enfant noir couvert de crasse est assis sur un tas de fumier parmi les poules et les autres volailles. J'avance timidement vers mon fils. Il recule comme un animal sauvage devant un danger inconnu. Il lève les bras au-dessus de lui pour se protéger la tête.

– Les brutes ! grogne Évariste. Ce gamin a l'habitude de recevoir des coups.

L'ancien esclave sait de quoi il parle. Il soulève la chemise de l'enfant et me montre son dos tuméfié.

– On le tape un peu. Il faut bien faire obéir cette tête de pioche. Mais jamais aussi fort, se défend la vieille matrone. Il a reçu ces coups au travail.

– Au travail ? Mais mon fils a cinq ans !

– Cinq ans, la belle affaire ! Nous, on ne reçoit plus d'argent des colonies. Il faut bien qu'il s'active pour mériter sa pitance.

– Et comment l'obligez-vous à gagner son pain ?

– Les élégants adorent se faire brosser les bas et décrotter les chaussures par un petit noiraud. Ils trouvent cela chic. Ils lui donnent ensuite quelques pièces et quelques coups de pied aussi. C'est eux qui rossent votre môme, nous, on n'est pas responsables. Ce sont les amis de ce monsieur qui le maltraitent…

De son doigt tordu et tremblant, la vieille désigne M. Bruyère. Le dandy essaye de se sauver, mais Évariste l'oblige à s'asseoir en lui administrant une grande claque derrière l'oreille.

Je tends quelques cristaux de sucre brut à mon fils qui hésite à s'en saisir. Méfiant, il m'inspecte de haut en bas avant de m'arracher les friandises et de les fourrer entières dans sa bouche.

Je lui propose encore du sucre et je parviens à lui prendre la main. Mon enfant était esclave en métropole, alors que la France a aboli cette abomination sur tout son territoire.

C'est à ce moment-là que le mari de la matrone, le cocher qui m'avait volé mon garçon et qui m'avait délestée de ma bourse, surgit dans notre dos. Nous n'avions pas exploré entièrement le taudis, c'était une erreur. Il pointe un gros pistolet sur nous.

– Eh doucement, ma petite dame. Où croyez-vous aller avec notre trésor ? Ce gosse nous fait tous vivre. Si vous l'emportez, cela mérite un dédommagement.

Le cocher aussi a vieilli. Il n'a plus suffisamment de réflexes pour faire feu avant qu'Évariste ne broie sa main dans la sienne et ne lui fasse lâcher l'arme.

Il n'a pas le temps de hurler de douleur, qu'un coup sur la tête l'assomme aussitôt. Mon compagnon ramasse le pistolet qu'il range dans son sac.

— Ça peut toujours servir, fait-il remarquer avec un clin d'œil.

Je débarbouille mon fils avec l'eau du puits et la matrone me donne des loques propres pour le changer.

— Nous devions lui donner le prénom du père de mon mari : Augustin. C'est ainsi que vous l'avez appelé ?

— Ce n'est pas notre enfant. Nous ne lui avons pas donné de prénom.

— Comment ça ?

— Nous, on ne donne pas de prénom à nos bêtes. On n'est pas chez Louis XVI.

Je crois que j'aurais giflé cette femme si elle n'avait pas été aussi vieille. Sa bêtise l'emporte sur sa méchanceté, c'est sa seule excuse.

Évariste attache le trio avant que nous ne prenions congé. Le temps qu'ils se libèrent, nous pourrons tranquillement gagner un port de l'Atlantique et embarquer. Quand ils préviendront leurs amis, nous serons loin.

Chapitre 23

Un voyage en mer

*Bordeaux, vendémiaire an IV
(octobre 1795)*

J'ai donné le prénom de mon vrai père à mon enfant. Il s'appelle Fortuné. La première fois qu'on l'a nommé, Fortuné a été surpris d'être désigné par autre chose qu'un sobriquet méprisant. Mon fils a encore bien des découvertes qui l'attendent. Je dois gagner sa confiance, nous avons deux mois pour faire connaissance avant d'atteindre notre île.

Nous embarquons rapidement sur un navire marchand. Malgré l'abolition de la traite, le commerce avec la Guadeloupe est toujours aussi lucratif, car le prix du sucre est au plus haut. La Martinique est aux mains des Anglais et la production n'a pas repris à Saint-Domingue où Britanniques et royalistes français s'opposent aux esclaves libérés par la Révolution.

Nous n'appareillons pas les cales vides. Nous transportons des barriques de vin, des barils de farine et de bœuf salé qui viendront améliorer l'ordinaire du repas guadeloupéen, traditionnellement composé de patates douces, d'ignames et de galettes de maïs.

La traversée du retour est souvent périlleuse, il faut éviter les bateaux britanniques qui tentent de couper la métropole de ses colonies et des jeunes États-Unis d'Amérique.

Dès la sortie du port, nous sommes pris en chasse par un brick anglais. Le vent gonfle ses voiles entièrement déployées, il est plus rapide que notre goélette. Il fonce sur notre flanc et il va nous éperonner. Notre capitaine, indifférent à cette menace, n'essaye même pas de s'échapper en tentant des manœuvres d'évitement. Il semble résigné, en état de choc. J'essaye de l'interpeller pour le sortir de sa léthargie. Flegmatique, l'officier crache le tabac qu'il mâchait, une flaque boueuse se forme sur le pont.

– Je suis marin depuis bien plus longtemps que le jeunot qui commande le bateau qui vient sur nous. Croyez-moi, cet imbécile ne coulera pas notre embarcation aujourd'hui. Rentrez vous mettre à l'abri dans votre cabine avec votre esclave et le petit négrillon !

Malgré l'injonction, nous restons sur le pont. Nous sommes hypnotisés par le spectacle du navire ennemi qui grossit inexorablement.

Fortuné se blottit contre Évariste. Moi aussi, sans aucune pudeur. Mon attitude n'est pas convenable, mais nous allons mourir broyés ou noyés. Alors, nous nous serrons encore plus fort.

Nous sursautons, surpris par la détonation de la poudre. L'équipage a dégagé les sabords par lesquels les canons ont tiré au dernier moment. Le brick anglais ne s'attendait pas à un tel accueil, il vire de bord et abandonne la course. Nous sommes sauvés !

Ma vie ne s'arrête pas maintenant. J'ai cru que c'était fini. Je pleure de joie. J'ai encore du temps à partager avec mon fils. Je l'embrasse. J'embrasse aussi Évariste qui est un peu gêné par mon exubérance.

Chapitre 24

Une nouvelle vie

La Côte-au-vent, Basse-Terre, Guadeloupe,
pluviôse an IV (janvier 1796)

À la veille de la nouvelle récolte de la canne, Victor Hugues, le commissaire de la Convention, n'est pas content. La production de sucre brut qu'il expédie vers la France est en baisse. Les anciens esclaves n'ont pas reçu les salaires promis, ils se révoltent dans plusieurs exploitations sucrières. Le commissaire procède à de nombreuses arrestations et fait tomber quelques têtes.

Évariste soutient que c'est un dictateur. Je dois l'empêcher de s'emballer, il pourrait aller au-devant de graves ennuis. Je dois également maintenir le calme chez nos ouvriers agricoles, abrités dans leurs misérables cases à nègres. Certains prétendent que rien n'a changé. Certes, pour l'instant, ils ne sont pas libres de quitter l'habitation parce que la Nation a besoin d'eux, ils sont des « soldats » mobilisés pour produire du sucre, mais, très bientôt, l'intégralité de la Déclaration des Droits de l'Homme et du Citoyen s'appliquera à eux aussi.

Ils sont devenus des êtres humains.

Fortuné, loin de ces soucis, écoute sa grand-mère lui raconter le secret de sa naissance pour la dixième fois. J'ai réussi à le convaincre de jeter ses guenilles. Il est vêtu d'un pantalon et d'une chemise tout neufs. Assis sur les genoux de Rose, il est l'image du bonheur. Il est très curieux du monde qui l'entoure, il observe beaucoup, mais il ne parle presque pas. Depuis qu'il est dans l'île, il n'arrête pas de comparer la couleur de sa peau avec celle de toutes les personnes qu'il rencontre. Ma peau claire l'intrigue et l'inquiète ; la négritude évidente de Rose et d'Évariste le rassure. Il refuse d'admettre que je suis sa mère, il suppose que c'est une nouvelle farce que l'on mijote à ses dépens. Il me faudra déployer des trésors d'amour et de patience avec lui, mais je suis prête à relever ce défi.

Pierre ayant fui en Martinique, j'ai obtenu

facilement mon divorce. Le divorce est une nouvelle liberté offerte par la République. Je suis libre, un détail qui n'a pas échappé à Évariste : mon commandeur me fait la cour.

Chapitre 25

Pour le meilleur et pour le pire

La Côte-au-vent, Basse-Terre, Guadeloupe, thermidor an IV (juillet 1796) - nivôse an VI (janvier 1798)

Nous avons tous été très occupés par la coupe de la canne à sucre et Évariste et moi avons dû patienter jusqu'au début de la saison des pluies pour nous marier. Les cieux nous sont favorables, mais la chaleur est accablante.

La cérémonie est simple : nous nous engageons à vivre ensemble devant un officier de l'état civil. Je suis agréablement surprise qu'on ne me demande pas de jurer obéissance à mon mari.

Mon mariage avec Évariste est moins luxueux que le précédent. Dans sa fuite, Pierre a emporté les couverts en argent, la belle vaisselle et les nappes brodées ont disparu aussi, ainsi que mes bijoux et mes robes. On jurerait que la maison a été pillée.

Le commissaire n'a pas payé notre dernière récolte, nous sommes donc aussi pauvres que nos ouvriers agricoles. Nous avons dû renoncer aux produits de métropole qui arrivent à Pointe-à-Pitre. Néanmoins, le repas de noces sort de l'ordinaire : nos traditionnelles racines, manioc et ignames, sont améliorées grâce au sacrifice de quelques poules et d'un cochon. Les pâtisseries généreusement sucrées ont été préparées avec des bananes, des ananas et des noix de coco. Le rhum coule à flots.

Nous avons invité beaucoup de monde : toute la population noire de la plantation, nos amis de Basse-Terre, leurs amis, des représentants du commissaire de la métropole…

Parmi les rares Blancs restés dans l'île, un couple d'amis d'enfance, qui exploite une habitation sucrière dans le sud de Basse-Terre, a accepté mon invitation. C'est assez courageux de leur part, car les autres planteurs blancs ne rêvent que du retour au système esclavagiste.

Les convives ont revêtu leurs plus beaux habits pour nous faire honneur. Mais bientôt, sous l'effet de la canicule et de l'alcool, les redingotes des uns tombent et les chemises des autres s'ouvrent. On parle fort. On chante. On rit. On tombe à la renverse. On danse. On joue du gwoka, un tambour fabriqué avec un tonneau vide. Tous les invités se lèvent et improvisent des mouvements sur les rythmes endiablés.

Mon second mariage est vivant et festif, tout le contraire du premier, terne et guindé.

Le volcan de la Soufrière s'est brusquement réveillé. Il crache des cendres, des pierres et un énorme panache de vapeur d'eau. Nos amis du sud de l'île et leurs employés ont trouvé refuge chez nous. Je propose à tous les enfants de cette plantation, noirs ou blancs, de venir eux aussi dans mon école durant leur séjour forcé dans notre habitation.

Car j'ai réalisé mon rêve : j'ai ouvert une école. Dans la maison que les parents de Pierre ont désertée, j'apprends à lire à mon fils et aux enfants des anciens esclaves. J'ai affiché dans ma classe le décret d'abolition du 4 février 1794 que mes élèves connaissent par cœur. Il sera impossible de faire subir à ces gamins le sort de leurs parents.

La lecture est un mouvement puissant. Avec des mots, je construis le meilleur des remparts contre les esclavagistes. Il n'y aura jamais de retour à l'ancien système.

Nous avons récupéré les livres abandonnés par les enfants des planteurs émigrés. C'est bizarre d'entendre les bambins noirs ânonner « Nos rois germains », un texte illustré par une image de guerriers barbus et blonds aux yeux clairs.

Ma mère est la plus vieille Noire que je connaisse, alors je l'invite régulièrement pour qu'elle nous parle des vrais ancêtres de ces gamins, les Africains. Mais nous sommes sur cette terre des Caraïbes pour toujours, personne ne rentrera en Afrique. Nos enfants n'iront jamais dans le pays de leurs ancêtres, ils sont nés ou ont grandi en Guadeloupe. Même les adultes arrivés sur le tard, comme Évariste, ne repartiront pas, la Guadeloupe est notre pays. Nous allons construire ici un monde sans esclavage, un monde où toutes les couleurs auront une place.

Je n'ai jamais été aussi heureuse qu'à la veille de cette nouvelle récolte de la canne. L'avenir s'annonce radieux : la Guadeloupe n'est plus une colonie, mais un département français, elle devient réellement un morceau de la République. Les lois qui s'appliquent en métropole auront aussi cours dans notre île.

L'esclavage est mort et enterré à tout jamais et je suis de nouveau enceinte.

Fortuné a sept ans. Deux ans ont passé depuis son arrivée parmi nous. Il parle toujours très peu. Il adore Évariste autant qu'un vrai père, tandis qu'il me considère comme sa mère adoptive. L'annonce de la venue d'un petit frère ou d'une petite sœur a de quoi le perturber. Il me demande si je vais laisser l'enfant en nourrice les premières années, il paraît déçu de ma réponse. Il réfléchit avant de riposter.

— Dis Lucile (il refuse de m'appeler maman), il sera de quelle couleur ce bébé ?

Fortuné est un gamin intelligent. Mais s'il croyait me déstabiliser avec une question embarrassante, il se trompe.

— Il sera de la couleur de l'amour, mon chéri.

L'amour que nous te portons et que nous partageons, Évariste et moi.

– Ah bon, on le gardera même s'il est blanc ?

Chapitre 26

La nouvelle récolte

La Côte-au-vent, Basse-Terre, Guadeloupe, thermidor an VI (août 1798)

Le moulin est à l'arrêt. Tout est étrangement silencieux. De nivôse à messidor (janvier à juillet), il résonne des chants, des cris et des rires des femmes qui transforment la canne. Il fonctionne sans discontinuer tant qu'on y voit suffisamment clair. Parfois, on allume des torches pour continuer à travailler la nuit tombée, on ne peut pas remettre au lendemain le traitement des cannes qui s'amoncellent, car le sucre obtenu serait de mauvaise qualité. Ça sent la canne fermentée. Les murs sont imprégnés de cette odeur entêtante.

Je suis grosse de neuf mois, mais je suis en pleine forme. C'est normal que je sois là, je supervise la sécurité du moulin. À la fin de leur longue journée de labeur, les ouvrières qui apportent les piles de cannes sont moins attentives. Combien de bras arrachés ? Combien de membres coupés pour les dégager des lourds rouleaux qui écrasent les cannes ? Ces rouleaux sont directement entraînés par une roue à aubes qu'actionne une chute d'eau, il n'y a aucune possibilité de les arrêter. Désiré, notre forgeron, me fait la démonstration de son astucieux système de débrayage qui permettra de désolidariser les rouleaux de la roue du moulin en cas d'urgence. Il est fier de son travail et il a raison..

C'est près du bac à vesou, le liquide sucré obtenu après le broyage, que je ressens les premières douleurs. C'est trop tard, je ne suis plus transportable. Les femmes apportent de l'eau et du linge propre. Il y a trop de monde autour de moi, nous ne sommes pas à la foire. J'étouffe.

Je reste seule avec ma mère. Tout s'accélère et mon bébé voit très vite le jour. Rose le pose sur mon ventre.

– C'est une fille magnifique. N'est-ce pas, Maman ?

Rose coupe le cordon, pensive.

— Maman, tu m'inquiètes. Qu'y-a-t-il ?

Rose dodeline de la tête.

— La nature aime nous taquiner.

Et subitement, je comprends ce que ma mère essaye de me dire. Ma fille est un très beau bébé au délicat teint pâle. Pas une once de sa peau, pas le moindre repli ne présente de tache foncée au contraire de Fortuné qui avait les oreilles légèrement colorées.

Évariste déboule essoufflé au moulin. Une fois rassuré sur le bon déroulement de mon accouchement, j'entends une question qui me fait sursauter :

— Elle est de quelle couleur ?

Par un étrange caprice du destin, notre fille, que nous avons prénommée Anne-Rose, est blanche. C'est une petite fille blonde aux yeux bleus. C'est mon grand-père paternel blanc qui nous joue un drôle de tour. Cela ne surprend pas Fortuné, il n'est pas persuadé que cette fillette soit sa sœur. Mon fils se demande encore si je suis sa mère…

Évariste n'a pas les mêmes doutes. Il sait qu'il est le père de cette enfant, mais les Blancs l'ont tellement fait souffrir qu'il a quelques réticences à prendre Anne-Rose dans ses bras. Cette hésitation est très brève et il accepte vite ce prodige de la nature.

— L'essentiel, c'est qu'elle soit en bonne santé, dit-il en la berçant.

Il serre contre lui ses deux enfants, son beau-fils et sa fille, le Noir et la Blanche, et éclate d'un rire joyeux et communicatif. Nous rions à en pleurer.

Rien ne peut entamer mon optimisme, pas même la mise à l'écart par la métropole du commissaire de la République, Victor Hugues.

Chapitre 27

Le bonheur dure trois ans

La Côte-au-vent, Basse-Terre, Guadeloupe,
germinal an VII (avril 1799)

Anne-Rose va bien, sa peau est restée blanche, mais je ne l'ai pas jetée, comme me l'avait suggéré mon fils ! Cependant, il n'a pas renoncé à l'idée de s'en débarrasser. On préfère le surveiller.

Un jour, le miracle se produit. Je suis occupée au moulin et je n'ai pas voulu y emmener mes enfants, car c'est un lieu dangereux. Anne-Rose et Fortuné jouent à l'ombre d'un sous-bois, à proximité du champ où Évariste coupe la canne avec son équipe. Il les observe du coin de l'œil tout en travaillant. Mon fils ramasse une canne à sucre sur une pile, bien décidé à s'en servir à la manière des élégants qui l'ont battu à Paris. Sa grand-mère et les ouvriers agricoles lui ont raconté l'histoire de l'esclavage, il est le commandeur noir et il va fouetter sa sœur blanche.

Il se précipite vers Anne-Rose qui a marché à quatre pattes jusqu'à la souche d'un arbre mort. Évariste s'élance pour empêcher Fortuné d'abattre sa canne sur le crâne de sa sœur. Il arrive trop tard, Fortuné a violemment frappé… un nid de scolopendres, les bêtes à mille pieds, et il a soulevé Anne-Rose pour l'écarter du danger.

Une dizaine de mille pattes d'une vingtaine de centimètres de long s'agitent dans tous les sens, abandonnant le cadavre d'une souris. Ces animaux sont très rapides et agressifs quand on les dérange. Ils ont des crochets à venin qui provoquent des morsures très douloureuses. Ils infestent les cases.

Une scolopendre noir et orange a grimpé sur le dos d'Anne-Rose et s'apprête à s'enrouler autour de son cou, Évariste pousse un cri de désespoir, mais Fortuné a déjà saisi l'animal à mains nues. La scolopendre résiste et se cramponne au dos de sa sœur. Il hurle quand il se fait mordre et lâche la bestiole. À l'aide de son coutelas, Évariste tranche la scolopendre en petits morceaux qui continuent à s'agiter.

– Anne-Rose n'a rien ? sanglote Fortuné en se tordant de douleur.

Évariste allume un morceau d'amadou en frappant son briquet contre une pierre. Il approche les braises incandescentes de la morsure de Fortuné pour le soulager. Un peu étourdi, c'est avec un sourire de triomphe que celui-ci raconte toute l'histoire à qui veut l'entendre.

L'attitude de mon fils a complètement changé. Il n'a pas hésité une seconde à protéger le bébé qu'il voulait jeter. Sa rage s'est transformée en amour.

Il m'appelle Maman, c'est la première fois.

CHAPITRE 28

Esklav, sa fini !

Guadeloupe, 16 floréal an X (6 mai 1802)

Avant qu'un rêve ne s'achève et que l'on ne se réveille, on est persuadé jusqu'au dernier moment que ce rêve est bien réel.

Alors, nous vivons encore trois ans dans un monde gouverné par un rêve étrange où l'esclavage a disparu. Un monde où notre île est une forteresse imprenable pour les esclavagistes, où elle est défendue par une armée composée en majorité de soldats noirs qui ont brillamment participé aux combats contre les Anglais et contre les royalistes.

Nous oublions nos inquiétudes. Nous déchirons les affichettes qui proclament, sur toutes les portes des mairies de l'île, que les émigrés sont autorisés à rentrer sans condition et que leur habitation sucrière leur sera restituée.

Nous sommes insouciants. Nous cultivons notre jardin, cette parcelle de paradis qu'est devenue notre exploitation. Nous oublions les souffrances et le reste de l'humanité pour regarder grandir nos enfants. Mais personne ne nous oublie.

L'alarme est donnée un petit matin par un messager hagard. Il galope d'exploitation en exploitation sans ménager un cheval éreinté, trempé d'écume blanche. Sa cavalcade annonce la fin de notre rêve.

Des habitants ont pu observer une impressionnante escadre qui encercle Basse-Terre et Grande-Terre.

C'est la guerre.

Le général Richepanse est à la tête de cette flotte hostile. Il est envoyé par Napoléon Bonaparte qui a pris le pouvoir en métropole. On dit que ce dernier a dispersé les députés en faisant charger ses soldats baïonnette au canon.

Un murmure de mécontentement monte des habitations sucrières. Une plainte qui devient assourdissante et qui ressasse les mêmes mots : « Esklav, sa fini ! »

ÉPILOGUE

Vivre libre ou mourir

Richepanse débarque à Pointe-à-Pitre, il désarme sans difficulté la moitié des troupes noires et prend rapidement le contrôle de Grande-Terre.

De nombreux officiers de couleur refusent de se soumettre, ils fuient Pointe-à-Pitre et se regroupent à Basse-Terre où ils sont commandés par Louis Delgrès et Joseph Ignace. Avant le combat, ils renouvellent solennellement leur serment « Vivre libre ou mourir » qui devient rapidement un cri poignant repris à l'unisson par tous.

La résistance tente de s'organiser, mais la situation est désespérée. Les Français vont donner l'assaut final. Louis Delgrès décide de miner son refuge et de le faire sauter avec les premiers rangs des soldats de Bonaparte, en sacrifiant ainsi sa vie.

Quand l'explosion retentit, une émotion intense submerge toute l'île. Tout se mêle : le chagrin et la rage d'une bataille perdue, le soulagement d'être encore en vie et la certitude que cette défaite n'est que provisoire…

Entre deux éruptions, la Soufrière ne dort jamais que d'un œil, et les Noirs, qui ont goûté un peu de liberté pendant huit ans, le savent bien. Un jour, ils se réveilleront eux aussi.

Lucile a survécu aux massacres ordonnés par Richepanse qui sacrifia dix pour cent de la population de Guadeloupe pour rétablir l'esclavage. Mais pas Rose, sa mère, que Pierre Grandpré, de retour au domaine, fit pendre.
Avec ses enfants et Évariste, Lucile a réussi à prendre un bateau pour Saint-Domingue, devenue la République d'Haïti.
Elle a vécu assez longtemps pour assister au triomphe de son combat et à la seconde abolition de l'esclavage, en 1848, dans toutes les colonies françaises.
La France est alors redevenue, dans le cœur de tous les opprimés, le pays des droits de l'Homme.

TABLE DES MATIÈRES

CHAPITRE 1	Nègre marron	7
CHAPITRE 2	Mon prince charmant	13
CHAPITRE 3	Le cadeau de mariage	19
CHAPITRE 4	Une révolution	23
CHAPITRE 5	Un prince doit contenir ses sujets dans l'obéissance	27
CHAPITRE 6	Il faut accepter des sacrifices	33
CHAPITRE 7	Délégué en métropole	39
CHAPITRE 8	Adieu, charmant pays	43
CHAPITRE 9	Un océan immense	47
CHAPITRE 10	Démasquée	55
CHAPITRE 11	La prospérité	61
CHAPITRE 12	Un nègre libre	69
CHAPITRE 13	Le prix du sucre	75
CHAPITRE 14	La couleur de l'amour	81

CHAPITRE 15	Marronnage	87
CHAPITRE 16	Le chantage	95
CHAPITRE 17	Le bois d'ébène	101
CHAPITRE 18	La roue de l'infortune	105
CHAPITRE 19	Le chagrin dure trois ans	109
CHAPITRE 20	Libération	115
CHAPITRE 21	Retour en métropole	127
CHAPITRE 22	La harpie	133
CHAPITRE 23	Un voyage en mer	137
CHAPITRE 24	Une nouvelle vie	141
CHAPITRE 25	Pour le meilleur et pour le pire	145
CHAPITRE 26	La nouvelle récolte	151
CHAPITRE 27	Le bonheur dure trois ans	155
CHAPITRE 28	Esklav, sa fini !	159
ÉPILOGUE	Vivre libre ou mourir	161

À découvrir dans la collection Livres et égaux +

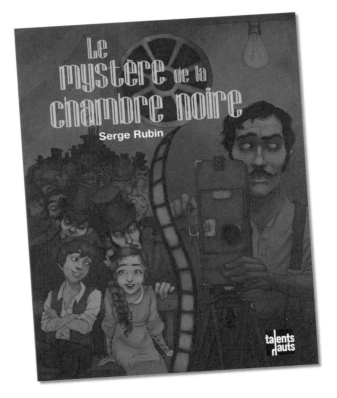

Sélection Prix des Incorruptibles 2014-2015

Chapitre 1

Une arrivée pétaradante

C'est le début des vacances d'été dans mon petit village de pêcheurs de La Barre de Monts, métamorphosé par l'arrivée du chemin de fer et des premiers estivants. Depuis quelques années, des familles venues de Nantes ou de Paris se font construire des demeures près de l'océan, au terminus de la ligne. Elles s'installent dans le nouveau quartier balnéaire de Fromentine qui se développe à la place de la dune, face à l'île de Noirmoutier.

Aux beaux jours, c'est une véritable invasion de gens de la ville.

Je suis moi aussi une touriste puisque je ne rentre à la maison que pour les vacances. Le reste du temps, je suis en pension à Nantes. Mes amis ne sont pas ici. Je n'ose pas me mêler aux enfants sur la plage et jouer avec eux. Ils vont se moquer de moi parce que j'ai peur de l'eau, pire, je n'ai même jamais trempé les pieds dans les petites vagues qui viennent mourir sur le rivage. Ils auraient raison de rire. J'ai un père qui désire me protéger de tout ce qu'il estime périlleux. C'est gentil de sa part, mais je n'ai le droit de rien entreprendre et c'est étouffant. J'imagine que je vais m'ennuyer tout l'été à compter les jours qui me séparent de la rentrée des classes.

La seule alternative à la solitude et à l'ennui est de dévorer la collection complète des livres de la comtesse de Ségur que mon père m'a offerte pour mon anniversaire. Pour ne pas le décevoir, je lis à grand-peine l'histoire d'une petite fille modèle, assise dans le jardin, à l'ombre d'une tonnelle couverte de vigne. La comtesse de Ségur écrit des romans pour les petites filles sages ou pour celles qui font semblant de l'être. Je ne veux pas être une petite fille sage. Je veux lire des romans d'aventure, frissonner, rire, pleurer. La comtesse de Ségur n'est pas pour moi.

Je sursaute en entendant un roulement de tambour qui me sauve de ma lecture inattentive. Je peux sortir de mon apnée et me remettre à respirer. Quelqu'un d'autre que moi est vivant dans ce village et ose faire du bruit. La vie n'est peut-être pas si triste.

L'arrivée d'un camion Peugeot jaune fonçant à plus de 20 km à l'heure ne passe pas inaperçue dans ma rue. De la grille du jardin, je peux voir d'étranges appareils à manivelle, soigneusement rangés dans des caisses en bois, et un chapiteau. C'est certainement le véhicule d'un forain. De grandes lettres rouges peintes sur le capot forment le mystérieux mot « cinématographe ».

À l'avant du camion, qui est abrité mais pas fermé, se tiennent fièrement deux adultes et un jeune garçon qui joue du tambour. Ce dernier a la même tignasse que le chauffeur et la même allure canaille.

Un attroupement se crée sans tarder.

Chapitre 2

Un marché de dupes

La nouvelle attraction s'est rapidement montée sur la place.

Je supplie mon père de m'y emmener. Il devient blême, prend une expression dure et renfrognée et refuse catégoriquement.

Je crois que je vais mourir. J'ai envie de pleurer de rage. J'enfourche ma bicyclette pour aller tourner autour du chapiteau comme une pauvrette.

Toutes les familles affluent vers le barnum jaune et vert. Les estivants, et même les habitants du village, malgré le prix des billets, ont tous pris place à l'intérieur quand je me fais héler par le garçon qui jouait du tambour sur le camion jaune. Il vend les tickets d'entrée. Il semble légèrement plus âgé que moi. Je remarque distraitement son joli sourire, un brin insolent, et ses yeux bleu pâle.

— La représentation va commencer. Vous n'entrez pas, mademoiselle ?

Je suis une gourde, il suffit qu'un inconnu m'adresse la parole pour que je pique un fard et que je bafouille des mots incompréhensibles. Cela n'étonne pas les touristes qui pensent que je ne parle que le maraîchin, le patois local.

— D'solé. J'n'ai pas, enfin mon père, juste du vélo…

— Vous avez de la chance. Moi, j'ai toujours rêvé de monter sur un vélo. Si vous m'apprenez à tenir en équilibre dessus, je vous laisse passer gratis.

Cette fois, je suis nettement rougeaude. Je m'infligerais volontiers des paires de claques, mais mes joues n'en seraient pas plus blanches.

— Je ne sais pas, enfin ce n'est pas, d'habitude, je…

— Je me présente. Je m'appelle Clément Baudry. Je suis le fils du patron. Alors, marché conclu. Quel est votre prénom ?

Je suis paniquée. Je ne suis pas certaine de m'en souvenir. Je lui tends une main mal assurée.

– Enchantée, Clément, euh... vous pouvez m'appeler Jeanne.
– Venez, Jeanne. Je vais vous installer avant que ça ne commence. Vous verrez c'est un spectacle extraordinaire. Ce jour de juillet 1908 sera marqué dans votre mémoire. Vous n'avez jamais rien vu de semblable et jamais plus vous ne ressentirez un aussi grand émerveillement que cette première fois...

Achevé d'imprimer en République tchèque par PBtisk